Nachts in Kalk

Ein Peter-Merzenich-Krimi

Kriminalroman
von Gereon A. Thelen

Impressum

Math. Lempertz GmbH
Hauptstraße 354
53639 Königswinter
Tel.: 02223 / 90 00 36
Fax: 02223 / 90 00 38
info@edition-lempertz.de
www.edition-lempertz.de

2. Auflage – Juni 2013

Text: Gereon A. Thelen

Titelbild, Umschlaggestaltung, Satz und Layout:
Ralph Handmann

Lektorat: Laura Liebeskind, Philipp Gierenstein

ISBN: 978-3-939284-57-4

Nachts in Kalk

Ein Peter-Merzenich-Krimi

Kriminalroman
von Gereon A. Thelen

EDITION
LEMPERTZ

Prolog

Ich schaute geistesabwesend zum Fenster hinaus. Für Ende Dezember war es verdammt schmuddelig. Den ganzen Vormittag hatte es bereits geregnet. Das Wetter an diesem 23. Dezember 2002 passte zu meinem Gemütszustand. Wie das letzte Weihnachtsfest würde ich auch dieses ziemlich einsam verbringen. Nicht allein, aber einsam halt. Das Gänseessen bei Erich an Heiligabend und der traditionelle Umtrunk mit meinen besten Freunden und Kollegen am zweiten Weihnachtstag in Gilbert's Pinte konnten nicht darüber hinwegtäuschen, dass mir Marias Wärme und Nähe in dieser besinnlichen Zeit unendlich fehlen würden. Zwar hatten wir uns nach einem unsinnigen Streit im Juli inzwischen wieder angenähert, aber eben nur freundschaftlich. Sie war nicht hier bei mir. Na ja. Es gibt Tatsachen, die sich nicht ändern lassen.

Obwohl ich schon seit halb neun wach war, hatte ich keine Lust, irgendetwas zu tun. So legte ich mich auf die Couch ins Wohnzimmer und schaute den ganzen Vormittag irgendwelche alten James Bond-Videos, die ich schon zigmal gesehen hatte. Die nächsten freien Tage würde ich wohl ähnlich verbringen. Lustlos und deprimiert, seit meiner Scheidung im Frühjahr 2001 fast ein Dauerzustand. Irgendwann gegen Mittag rappelte ich mich dann doch auf und begab mich Richtung Briefkasten. Vielleicht hatte ja jemand an mich gedacht und mir eine Weihnachtskarte geschrieben. Natürlich hoffte ich, dass eine Karte von Maria dabei sei. Meine Erwartungen wurden enttäuscht. Gleichgültig schmiss ich meine Tagespost auf den Wohnzimmertisch. Sie bestand aus diversen Rechnungen, Weihnachtsgrüßen von meiner Autowerkstatt und einer großen Baumarktkette. Ich beschloss, es mir ein wenig gemütlicher zu machen. Mein Blick fiel dabei auf den Adventskranz auf dem Couchtisch. Ich ging zu meinem Wohnzimmerschrank und öffnete eine Schublade, um ein Feuerzeug zu suchen. Da fiel mir das im Lichtschein glänzende Zippo auf. Wehmütige Gedanken ergriffen mich, als ich den geschwungenen Namenszug *CAROLINE* auf der silbrigen Oberfläche las.

Caroline.

Wie lange war das her?
In Gedanken versunken ließ ich mich auf der Couch nieder. Meine Erinnerung führte mich unweigerlich zurück ins Jahr 1994 – zu jenem Juliabend, an dem ich Caroline kennenlernte. Sie war die erste Frau in meinem Leben, die wirklich Spuren hinterlassen hatte. Obwohl die Umstände, unter denen wir uns damals kennen lernten, alles andere als erfreulich waren. Denn wenn ich an sie denke, kreisen meine Gedanken automatisch auch um meine erste Mord-ermittlung und um das tragische Ableben mehrerer Personen...

1. Kapitel: Schichtwechsel

Polizeipräsidium Köln, Abteilung Gefahrenabwehr/ Strafverfolgung, Polizeiinspektion 8, Polizeihauptwache, Dienstgruppe D („Dora"), Kapellenstr. 28, 51103 Köln-Kalk, Mittwoch, 6. Juli 1994, 21:27 Uhr

Obwohl ich seit fünf Uhr nachmittags geschlafen hatte, fuhr ich mit meinem Opel Monza GSE alles andere als ausgeruht zum Dienst. Die fünf Minuten Fahrzeit kamen mir ewig lang vor. Als ich von der Kalker Hauptstraße in die Kapellenstraße abbiegen wollte, hätte ich beinah einen Fußgänger platt gefahren. Wild schimpfend und fluchend setzte er nach meiner Vollbremsung seinen Weg fort. Ich hätte auf der Stelle wieder einschlafen können und schien um mich herum nichts mehr mitzubekommen. Schließlich hatte ich an diesem Tag bereits Frühdienst verrichtet. Hinzu kamen unerträgliche Magenschmerzen, die ich mir nachmittags im Rahmen meiner Nebentätigkeit als Jugendtrainer in meinem Boxverein zugezogen hatte. Einer meiner Zöglinge, ein vierzehnjähriger Türke aus Ostheim, hatte geglaubt, er müsse mir einen Tiefschlag in die Magengrube mit auf den Weg geben. Aber so ist der Boxsport halt...

An die Nachtschicht hatte ich mich auch nach gut fünf Jahren Streifendienst nicht gewöhnt. Man gerät vollkommen aus dem natürlichen Rhythmus, wenn man bei Tageslicht schläft und nachts, wenn alle anderen Leute ins Bett gehen, den Dienst antreten muss.

Nachdem ich das Coupé, das in den Achtzigern mit seiner weißen Lackierung und der digitalen Tachoanzeige als äußerst sportlich-schick und modern galt, auf dem Parkplatz hinter der Wache geparkt hatte, schnappte ich meinen Rucksack vom Beifahrersitz und betrachtete meine Arbeitsstätte: Der graue dreistöckige Bau mit blauen Fensterrahmen, Flachdach und rückwärtiger Waschbetonverkleidung, der die Hauptwache der Polizeiinspektion 8 beherbergte, wirkte mit seinem Plattenbau-Charme nicht wirklich einladend.

Antriebslos stieß ich die Eingangstür der Wache auf und betrat das Wachlokal. Die Luft war äußerst stickig; an der Decke flackerten mehrere Leuchtstoffröhren. Die alte hölzerne Theke, die eine räumliche Distanz zwischen diensthabenden Beamten und besuchenden Bürgern schaffte, die vergammelten, ja fast schon antiken Büroholzmöbel sowie die dicken orangefarbenen Vorhänge wirkten alles andere als einladend.

Die drei anwesenden „Innendienstler" der Spätdienst verrichtenden Dienstgruppe A bzw. „Anton" waren sehr beschäftigt. Während Günni Radermacher eifrig einen Bericht am PC verfasste, stand Polizeihauptkommissar Willy Mikloweit, der Dienstgruppenleiter der Anton-Tour, hinter ihm und schaute ihm mit prüfendem Blick über die Schulter.

Als ich ihnen ein muffiges „'n Abend" entgegenschmetterte, winkte mir Günni wortlos zu, ohne seinen gebannten Blick von dem flackernden Bildschirm abzuwenden. Willy hingegen, ein drahtiger, grauhaariger Schnauzbartträger mit pockennarbigem Gesicht, nickte zackig und sah mich streng an. Obwohl seine Zeit als Unteroffizier bei der Bundeswehr bereits Jahrzehnte zurücklag, hatte er von seiner forschen und Respekt einflößenden Art nichts eingebüßt.

In der hintersten Ecke des Wachlokals entdeckte ich schließlich den kleinen, dünnen, älteren Mann mit Stirnglatze, roten Haaren und ausgeprägten grauen Koteletten. Die Arme vor der Brust verschränkt widmete er sich hingebungsvoll der Lektüre des EXPRESS. Bei dem gemütlichen und äußerst sympathischen Kollegen handelte es sich um Polizeioberkommissar Emil Knetsch, den Wachdienstführer – kurz WDF – seiner Dienstgruppe – und damit Willys Stellvertreter. Obwohl er vor einem Monat seinen 59. Geburtstag gefeiert und somit sein letztes Dienstjahr begonnen hatte, war er einer der engagiertesten und arbeitsamsten Kollegen, von dem sich so mancher jüngere Beamte locker eine Scheibe hätte abschneiden können.

Ich freute mich, den Mann aus dem Bergheimer Stadtteil Quadrath-Ichendorf, den ich aufgrund seines genuschelten rheinischen Dialekts oftmals nur mit größter Mühe verstand, zu sehen, und begrüßte ihn dementsprechend freundlich. „Hallo Emil, wie geht's dir?"

Emil schaute mich durch seine kleinen, zusammengekniffenen Augen an. „Jot, leeve Jung."

„Irgendwas Besonderes während der Spätschicht passiert?"

Emil schüttelte nur den Kopf. „Jar nix. Wor janz räuhich hück. Esu künnt et immer sin. Ich hoff nur, dat dä Franky bahl kütt. Ich muss noh Huus. Morje will ich met mingem Enkelche, dem Jacqueline, en der Zoo noh Kölle. Hoffentlich kütt dä ahle Ossi bahl ens endlich!"

Er hatte seinen Satz kaum ausgesprochen, da stand der „ahle Ossi" hinter mir im Wachlokal. „Man sachte, Kollеje, rech dir nich uff. Franky is ja bei dir!", sagte der spindeldürre Mann Ende vierzig mit schwarz-grau melierten Haaren, Stirnglatze und Schnauzbart, der eigentlich Frank Kolkwitz hieß und als WDF meiner Dienstgruppe „Dora" für die Aufrechterhaltung des Dienstbetriebs auf der Wache und die Erstellung der Dienstpläne verantwortlich war.

Franky, wie er von uns allen genannt wurde, war gebürtiger Berliner und ehemaliger Volkspolizist im Ostteil der damals geteilten Metropole. Nach der Wende arbeitete er zunächst als Streifenbeamter im Bezirk Charlottenburg, bevor er aus persönlichen Gründen mit seiner Frau Martina nach Köln gezogen war. Seitdem verrichtete er hier seinen Dienst – auch, wenn es ihm manchmal schwerfiel, mit den Arbeitsverhältnissen eines Polizisten im wiedervereinigten Deutschland zurechtzukommen. Als Vopo war er es gewohnt, dass ihm die Leute mit Respekt begegneten. In einem von sozialen Problemen geprägten Bezirk wie Kalk war ein Ordnungshüter jedoch eher Sozialarbeiter und Seelsorger.

Franky klopfte mir auf die Schulter und nahm einen kräftigen Zug an seiner Zigarette. Er deutete auf seine Jeansjacke, unter der er bereits Diensthemd und –hose trug.

„Ick bring det Jelumpe direktemang nach hinten, denn kannste dir verdrücken, Jenosse Oberkommissar!"

Emil winkte gespielt verächtlich ab. „Hür bloß op met dingem juxije Ossi-Verzäll un maach vöran!"

Polizeikommissar Kolkwitz lachte halb hustend, steckte seinen Glimmstängel in den Mund, kratzte sich an der stark behaarten Brust und machte sich auf den Weg Richtung Umkleide im ersten Stock.

„Grüß euch!"

Eine weitere schillernde Persönlichkeit unserer Dienstgruppe hatte das Wachlokal betreten. Dieser Mann Anfang fünfzig war noch dünner als Franky Kolkwitz. Seine grauen Haare waren auf wenige Millimeter kurz geschnitten. Eine Nickelbrille mit großen, getönten Gläsern saß auf seiner Nase. Das knallbunte Hawaiihemd und die sandfarbene Bundfaltenhose mit weißem Gürtel rundeten das extravagante Äußere von Polizeihauptmeister Daniel Kendenich ab - unser Funker, der gleichzeitig auch die „gute Seele" unserer Truppe war. Er kümmerte sich rührend, ja fast aufopfernd um das Wohlbefinden seiner Kollegen, kochte ständig Kaffee und versorgte uns mit den leckersten selbstgemachten Keksen.

So langsam war's auch für mich Zeit zum Umziehen. Ich nickte Emil kurz zu und wollte ebenfalls Richtung Umkleide verschwinden. Da fiel mir ein, dass ich vollkommen vergessen hatte, in welcher Gegend und vor allem mit welchem Kollegen als Streifenpartner ich in dieser lauen Nacht unterwegs sein würde. So schaute ich auf unser Schwarzes Brett, an dem der Dienstplan unserer Dienstgruppe Dora befestigt war.

Ich suchte meinen Namen. Na klasse! Er stand direkt

neben dem Funknamen „Arnold 18/31“. Unsere Wache hatte drei Funkstreifenwagen, denen allen ein eigener Bezirk zugeteilt war. Und Arnold 18/31 war nun wirklich der Hauptgewinn. Zu seinem Bezirk zählten die sozialen Brennpunkte Vingst und Ostheim sowie Humboldt/Gremberg. Das konnte ja heiter werden... Gerade, wenn es Nacht wurde, drehten die Bewohner dieser Stadtteile gerne durch. Tröstlich war nur, dass ein gewisser Polizeimeister Koslowski mein Streifenpartner sein würde. Denn dahinter verbarg sich kein Geringerer als mein bester Freund Marcel. Wir hatten auf unseren Fahrten immer viel Spaß, auch wenn Marcel manchmal extrem penibel sein konnte. Er war der Prototyp eines alten preußischen Beamten. Und damit das genaue Gegenteil von mir.

Keine fünf Minuten später steckte ich in der aus „anmutigem“ bambusfarbenem Hemd, beigefarbener Stoffhose und schwarzen Halbschuhen bestehenden Uniform eines Polizeimeisters. Ich befestigte Handschellentasche und Holster an meinem Gürtel und schob den Schlagstock aus Gummi in die eigens dafür eingenähte Tasche meines rechten Hosenbeins. Zum Schluss entnahm ich dem Spind meine mittlerweile hilflos speckige und verschwitzte weiße Schirmmütze. Ich überzeugte mich kurz davon, dass meine drei Kabelbinder noch an ihrem Platz im Mützendeckel waren. Zurück im Erdgeschoss ging ich in die Waffenkammer, wo ich das Schließfach mit meiner Dienstwaffe, einer SIG Sauer P6, öffnete. Ich machte sie „fertig zum Dienst“ und steckte sie in das Holster. An der Tür prallte ich mit einem Mann Ende vierzig zusammen, der mit grünem Seidenblouson, Bundfaltenjeans und weit aufgeknöpftem, bunt bedrucktem Hemd bekleidet war. Es war der Mann, mit dessen Sohn ich schon seit der Kindergartenzeit befreundet bin und der nach dem Tod meines eigenen Vaters quasi mein Ersatzvater wurde: Kriminalhauptkommissar Erich Koslowski. Erich konnte knallhart, aber auch ebenso gutmütig sein. Ich wunderte mich, dass der Leiter des Kriminalkommissariats 1 unserer Inspektion zu so später Stunde noch im Büro war.

„Mensch, Jung, kannste nicht aufpassen? Was ist denn los?"

„'Tschuldigung Erich, bin irgendwie ziemlich kaputt heute."

„Dann geh mal schnell in den Aufenthaltsraum und trink dir noch 'nen Kaffee. Ich will schließlich nicht, dass du einpennst! Marcel ist auch schon da."

„Mach ich, Chef. Was machst du eigentlich um die Uhrzeit noch hier?"

Er winkte ab. „So 'n Scheißtag heute. Ich hab bis gerade eben zwei Rotzlöffel vernommen, die einen Kioskbesitzer auf der Kalker Hauptstraße krankenhausreif geschlagen haben, weil der ihnen keinen Alkohol verkaufen wollte. Das sind für die Meisterdetektive vom Waidmarkt doch nur kleine Fische. Interessiert die nicht die Bohne. Nä, nä, Jung, mit dem Scheiß dürfen wir uns hier draußen vor Ort schon allein rumschlagen."

Ich nickte zustimmend und wollte an Erich vorbeigehen. Aber er packte mich am Arm.

„Bevor ihr nachher fahrt, komm doch bitte noch mal in mein Büro! Ich muss was mit dir besprechen. Ist wirklich wichtig!"

„Mach ich, Erich!"

So ging ich dann also in die verqualmte Bude, die sich Aufenthaltsraum nannte. Ich sah mich um. Viele waren nicht da. Unter ihnen erblickte ich Jürgen und Georg vom Spätdienst, die sich bei einer Tasse Kaffee schlüpfrige Witze erzählten. Marcel, der wohl wie immer mehr als zeitig zum Dienst erschienen war und sich auch schon komplett umgezogen hatte, saß in seinem kurzärmeligen Diensthemd am Tisch und las in einer Computerzeitschrift. Die dunkelblonden Haare hatte er mit Linksscheitel korrekt gekämmt, seine Brille saß ordentlich zurechtgerückt auf der Nase. Marcel wirkte alles andere als ein Streifenbulle, er sah eher wie ein Gelehrter aus, was auch seinem Intellekt entsprach. Ich wusste manchmal wirklich nicht, warum er zur Polizei gegangen war. Mit seinem Abiturzeugnis und seinem grandiosen Wissen über Computer wäre er meiner Meinung nach in einer Informatikfirma besser aufgehoben gewesen. Aber er hatte auf Erichs Rat gehört und 1985 mit mir nach dem Abi bei der Polizei angefangen. Der Beruf passte bei Licht betrachtet herzlich wenig zu ihm; dennoch war er ein hervorragender Polizeibeamter. Ein Kollege und vor allem Freund, auf den man sich zu hundert Prozent verlassen konnte und der in jeder noch so prekären Situation energisch und beherzt durchgreifen konnte, was man ihm nach seinem Äußeren zu urteilen längst nicht zugetraut hätte.

Neben Marcel saßen noch Polizeihauptmeister Lothar Fröhlich, ein gutmütiger, dicklicher Kollege Ende fünfzig sowie seine heutige Streifenpartnerin, eine der seinerzeit wenigen Beamtinnen unserer Inspektion, Polizeiobermeisterin Sonja Feldmann. Sonja war seit gut einem Jahr bei uns auf der Wache. Sie war mehr als anderthalb Jahre älter als ich – hatte in jenem Jahr also gerade die dreißig überschritten – und ein absoluter „Hingucker" Sonja, die aus dem oberbergischen Nümbrecht stammte, war sich ihrer Wirkung auf Männer durchaus bewusst. Bei den meisten Kollegen galt sie als unnahbar und arrogant. Ich konnte diesen Eindruck nicht bestätigen. Schon des Öfteren hatte ich mich äußerst nett mit ihr unterhalten und auch – zugegeben – ein wenig geflirtet... Trotzdem hätte ich es sehr problematisch empfunden, mich mal außerhalb des Dienstes mit ihr zu treffen. Sich mit einer Kollegin einzulassen, hätte zwangsläufig irgendwann Ärger bedeutet. Freundlich begrüßte ich die attraktive Kollegin, während ich Lothar, Georg und Jürgen einfach nur zunickte, bevor ich mich meinem besten Freund zuwandte.

Dieser war jedoch so sehr in seine Lektüre vertieft, dass er erst auf mein drittes „Hallo" hin antwortete.

„Oh, hallo Pitter! Hab' dich gar nicht bemerkt."

Kaum hatte ich Marcel gegenüber Platz genommen und mir eine Marlboro angezündet, da tauchte ein ungleiches

Paar im Zimmer auf. Polizeiobermeister Jean-Claude Buir textete seinen größten Fan, Polizeimeister zur Anstellung Michael Schmitz, von allen nur „Michi“ genannt, zu. Jean-Claude hielt offensichtlich wieder mal eines seiner berühmten Seminare zum Thema „Lebensberatung“ ab. Als Jürgen und Georg den Polizeiobermeister entdeckten, verdüsterten sich ihre Mienen. Sie standen abrupt auf und verließen grußlos den Raum. Wie sehr ich die beiden doch beneidete, aufgrund des Schichtwechsels nunmehr abhauen zu können und sich nicht weiter mit Jean-Claude abgeben zu müssen. Denn Jean-Claude war tatsächlich eine Nervensäge...

„... Junge, genauso läuft's. Du laberst die Alte ein bisschen zu, machst ihr 'n paar schöne Worte und schon kannste sie abschleppen. Die Weiber sind so was von blöd, das glaubst du kaum. Denen kannste alles erzählen. Mach ich immer so. Probier's doch auch mal.“

„Aber – aber du weißt doch, dass ich mit Nicole verlobt bin. Glaub mir, das könnte ich nicht. Ich hätte ein schlechtes Gewissen.“

„Komm Junge, stell dich nicht so an. Ich nehm dich demnächst mal mit auf die Piste.“

Sonja sah mich nur vielsagend an und verdrehte ihre schönen Augen. Lothar und Marcel sagten gar nichts. Sie taten so, als sei Jean-Claude gar nicht da. Jean-Claude war ein großspuriger Angeber und Macho. Er war der Faktor, der unser ansonsten positives Betriebsklima ein wenig minderte. Obwohl er inzwischen schon dreißig war, hatte er es immer noch nötig, jede Woche eine andere Frau abzuschleppen und bei den Leuten, die es hören wollten oder nicht, mit seinen Eroberungen zu prahlen. Hätte er diesen Eifer mal während des Dienstes aufgebracht! Hinzu kam, dass dieser Angeber immer wie der letzte Stenz rumlief. Goldenes Glanzseidenhemd, Lederhose und Stiefeletten sind nun mal nicht jedermanns Geschmack.

Selbst in der Polizeiuniform schaffte es Jean-Claude, peinlich auszusehen. Als ich ihn an diesem Abend im Aufenthaltsraum erblickte, hätte ich loslachen können. Er trug das Sommerhemd fast bis zum Bauchnabel offen, darunter funkelte eine dicke goldene Panzergliederkette auf der blank rasierten Brust im Licht. Anstelle schwarzer Dienstschuhe hatte er sich für schwarze Bikerstiefel entschieden. Obwohl es draußen bereits dunkel war, ruhte eine verspiegelte Sonnenbrille auf seiner Stirn. Wenn er – wie in jenem Moment – in seinem Element war, bestärkte er seine Äußerungen durch Hervorstrecken seines Kinns. Dabei biss er sich auf die Lippen und grinste verschlagen über beide Ohren. Jean-Claude war wirklich mit Abstand der unsympathischste und faulste Kollege, den ich je kennengelernt hatte. Kaum einer von uns konnte den Spross eines neureichen Bauunternehmers aus Kerpen mit dem wohlklingenden französischen Vornamen leiden.

Michi dagegen war ein herzensguter Junge von einundzwanzig Jahren war, der stets gut gelaunt zum Dienst erschien. Er wohnte in Worringen und war Mitglied im Schützenverein von Volkhoven/Weiler. Bei dem etwas einfältigen „Jungen vom Land“ mit verpickeltem Gesicht, riesigem Adamsapfel und einer schlaksigen Figur von 1,90 m

Größe hatte der vorgeblich weltgewandte Jean-Claude leichtes Spiel.

Da ich den ebenfalls genervten anwesenden Kollegen und mir einen Gefallen tun wollte, beschloss ich, auf verbalen Konfrontationskurs zu gehen. „Tach, du Jeck, haste wieder 'n Opfer zum Zutexten gefunden? Michi, ich würde mir den Typen da nicht zum Vorbild nehmen. Von Arschlöchern wie dem kann man nix Vernünftiges lernen!"

Michi war solchen offenen Anfeindungen offenbar noch nicht gewachsen. Da er nicht wusste, wie er auf den sich anbahnenden Konflikt zwischen seinem Kumpel Jean-Claude und mir reagieren sollte, zog er es vor, sich verlegen lächelnd und rot anlaufend Richtung Wachlokal zu verdrücken.

„Ach, Pitter, scheint, dass du 'n bisschen neidisch bist. Hast wohl ewig keine Schnitte mehr abgekriegt, was?! Na ja, wen wundert's? Bist halt alles andere als ein Frauentyp. Aber solche Kerle muss es ja schließlich auch geben..."

„Buir, halt endlich die Klappe und sieh zu, dass du Land gewinnst. Ich kann deine Visage echt nicht mehr ertragen!"

Jean-Claude machte mit der rechten Hand eine abfällige Handbewegung, nahm seine Pilotenbrille vom Kopf, setzte sie übertrieben lässig auf die Nase.

„Du solltest lieber mal auf 'n Tacho gucken, kleiner Polizeimeister! Vergiss nicht: Vom Dienstgrad her bin ich jetzt dein Vorgesetzter. Also reiß dein Maul mal nicht so weit auf!", zischte er, während er mit dem Zeigefinger auf die drei grünen Sterne seiner Uniform tippte, und verließ den

sicher auf den Geist. Aber das meinem Freund und Streifenpartner Marcel zu sagen, hatte ich mich bislang nicht getraut.

„Nein. Marcel weiß noch nichts davon. Ich hab's einfach noch nicht übers Herz gebracht, es ihm zu sagen." Hartmut packte mich an der Schulter. „Lass das im Moment auch lieber. Ich wüsste nicht, wie er darauf reagiert. Irgendwas stimmt nicht mit ihm. Wäre gut, wenn du das rausfinden könntest."

„Ich versuch mein Bestes." Ein Blick auf die Uhr verriet mir, dass es Zeit zum Gehen war. Ich stand auf und verabschiedete mich von den beiden Kollegen. Fast hatte ich die Tür erreicht, als mich abermals Erich ansprach.

„Pitter? Pass auf meinen Jungen und auf dich auf, hörst du? Und das Gespräch bleibt unter uns, klar?!"

„Sicher. Ihr könnt euch auf mich verlassen."

Marcel schloss die nagelneue, grün-weiß lackierte Limousine vom Typ Ford Mondeo auf. Ich schmiss meine alte Mütze auf die mit Laub und Matsch verdreckte Fußmatte. Obwohl die Mondeos gerade mal vor gut drei Wochen fabrikneu ausgeliefert worden waren, sahen sie schon vollkommen schmutzig aus. Keiner von uns wäre so nachlässig mit seinem eigenen Auto umgegangen. Nachdem Michi und Jean-Claude vom Vorplatz der Hauptwache Kalk gedüst waren, hatten wir als letzte Streifenwagenbesatzung der Nachtschicht ihren Dienst noch nicht aufgenommen. Marcel blickte mich aus den Augenwinkeln an. „Was wollte Erich denn von dir?"

Gespielt lässig winkte ich ab. „Nichts Besonderes“, log ich und verschränkte die Arme vor der Brust. So startete Marcel um Viertel nach zehn den Motor. Gemütlich rollten wir vom Hof.

Der Nachtdienst hatte begonnen.

2. Kapitel: Auf Streife

Kiosk Ecke Gernsheimer Str./Frankfurter Str., 51107 Köln-Ostheim, Mittwoch, 6. Juli 1994, 22:47 Uhr

Der erste Einsatz an diesem Abend ließ nicht allzu lange auf sich warten. Nach unserem Aufbruch an der Hauptwache um Viertel nach zehn fuhren wir zunächst die Ostheimer Straße und den Vingster Ring ab. Alles schien ruhig. Marcel und ich fuhren gerade auf der Ostheimer Straße zurück in Richtung Humboldt/ Gremberg, als wir angefunkt wurden. Es war zwanzig vor elf, als sich „Arnold", die Leitstelle des Präsidiums, meldete.

Es knackte im Funkgerät:

„18/31 von Arnold!" Ich griff nach dem Handmikro. „Kommen, Arnold!", sagte ich schläfrig.

„Fahren Sie zum Kiosk Ecke Gernsheimer/Frankfurter! Nachbarn haben sich über Ruhestörung durch eine Gruppe Jugendlicher beschwert! Drücken Sie die *3*!"

Ich drückte die Taste mit der Ziffer *3* des sogenannten Statusgebers unseres Funkmeldesystems am autoradioähnlichen Bedienteil des Funkgeräts in der Mittelkonsole. Dieser zeigte den zuständigen Kollegen in der Leitstelle und unserer Inspektion auf ihren PC-Bildschirmen an, welche dienstlichen Aufträge wir gerade verrichteten. Status *3* bedeutete hierbei „Anfahrt zum Einsatzort".

„Du hast es gehört, Marcel. Dann lass uns mal nachsehen, was da jetzt schon wieder in der Gernsheimer los ist!"

„Das kann ja nur wieder Ärger geben. Die Leute da rauben mir langsam den letzten Nerv!“

Die Gernsheimer Straße war ein sozialer Brennpunkt in Köln. Arbeitslose, Gelegenheitsarbeiter und Einwanderer aus allen möglichen Nationen hatten hier ein Zuhause gefunden. Dementsprechend oft „knallte“ es dort auch. Das war bereits 1994 so und hat sich bis heute nicht geändert.

Nach etwa sechs Minuten Fahrzeit hatten wir den Flachbau, der den kleinen Kiosk beherbergte, erreicht. Straßenlaternen beleuchteten die Gruppe von fünf männlichen Jugendlichen, die sich vor dem verschlossenen Kiosk versammelt hatte. Selbst durch das geschlossene Fenster unseres Wagens konnte ich ihr lautes Grölen vernehmen, als sie unser grün-weißes Auto entdeckten. Ich sah, dass drei der Jungs Bierflaschen in der Hand hielten, zwei tranken Wodka. Das konnte ja heiter werden…!

Nachdem Marcel den Mondeo am Straßenrand geparkt und ich die Taste *4* des Statusgebers für „Am Einsatzort“ gedrückt hatte, schaute er mich genervt an. „Pitter, kannst du mir mal sagen, warum wir uns das antun? Das sind doch wieder mal die absoluten Idioten. Die sollten lieber zur Schule gehen und was Ordentliches lernen! Solche Leute verbauen sich doch ihre gesamte Zukunft! Mich regt so was tierisch auf!“

Ich musste an mein Gespräch mit Hartmut und Erich denken. Marcel war wirklich frustriert. Unter lautem Gegröle der Jugendlichen stiegen wir beide aus.

„Ey, René, mach mal noch zwei Pullen auf! Die Bullen haben bestimmt Brand!"

„Geht klar, Danny!" Dieser Danny schien der Anführer der Gang zu sein. Die anderen hatten sich um ihn und sein Mofa versammelt. Ein verschlagener Typ, der bestimmt schon einiges auf dem Kerbholz hatte. Vor seinen Füßen standen eine Kiste Kölsch und ein Ghettoblaster, aus dem ohrenbetäubende Musik erklang.

Wir gingen auf diesen Danny zu. „'n Abend Jungs, ihr scheint euch ja gut zu amüsieren, was?!" „Na logo, Herr Wachtmeister! Trinkt ihr zwei einen mit oder vertragt ihr nix?"

Wieder grölte die Menge von unreifen Halbstarken. Ich ging gar nicht erst auf das Angebot des Jugendlichen ein.

„Eure Nachbarn haben sich beschwert, weil ihr hier so 'nen Krach macht. Also: Packt eure Klamotten und seht zu, dass ihr Land gewinnt! Hab ich mich klar genug ausgedrückt?"

„Uns gefällt's aber hier, nicht wahr, Jungs?"

„Klar, Danny! Wir wollen hier noch abhängen und saufen!"

Nun meldete sich Marcel zu Wort, der bisher geschwiegen hatte.

„Jungs, ich möchte euch eindringlich bitten, der Aufforderung meines Kollegen nachzukommen!"

„Was willst du Brillenschlange denn von mir, hä?! So was wie dich verspeis ich doch zum Frühstück! Verpiss dich!"

So langsam schwang die Stimmung um. Ich konnte in den Gesichtern der anderen Jugendlichen sehen, dass ihnen die Ausführungen ihres Anführers nicht passten.

„Danny, hör auf mit dem Scheiß! Lass uns abhau'n!"

„Warum denn? Fängt doch gerade an, Spaß zu machen!"

Kopfschüttelnd nahmen sie die Kiste Bier und verschwanden. Nur Danny war noch übrig.

„Ey, ihr Pappnasen, wat seid ihr denn für Luschen? Wegen den zwei Weihnachtsmännern haut ihr ab?! Arschlöcher!"

Aber seine Kumpels schienen ihn schon gar nicht mehr zu hören. Marcel versuchte es noch mal auf die humane Tour. „Ich erteile dir hiermit einen Platzverweis! Sieh zu, dass du nach Hause kommst! Du musst doch bestimmt morgen zur Schule, oder, Junge?"

Der Halbstarke wurde immer wütender. „Nenn mich nicht ‚Junge', du Drecksbulle!"

Mit geballten Fäusten ging der Jugendliche nun auf uns zu. Er hatte es nicht anders gewollt. Marcel ergriff seinen rechten Arm, drehte ihm diesen auf den Rücken und brachte ihn zu Fall. Ich hielt die Beine des nunmehr auf dem Bauch liegenden Jugendlichen fest, während Marcel ihm Handschellen anlegte. Danach durchsuchte ich seine Taschen nach Waffen und Papieren. In beiden Fällen wurde ich fündig: In seiner rechten Jackentasche hatte er ein Butterfly-Messer versteckt; in der Hosentasche befand sich ein Portemonnaie mit einem Personalausweis, der den Krawallmacher als Daniel Greven, geboren am 26.01.1978 in Köln, auswies. Ich nahm den BPA an mich und notierte seine Personalien zusammen mit dem Tathergang. Nach zwei Minuten war mein Streifenbefehl, der amtliche Vermerk über den zurückliegenden Einsatz, fertig.

Marcel hatte den nach Bier und Schnaps riechenden Siebzehnjährigen zwischenzeitlich vom Boden gehievt und auf die Rückbank des Mondeo verfrachtet. Den Ghettoblaster schmissen wir ihm auf den Rücksitz hinterher. Verbal äußerte er sich weiter in der derbsten Art und Weise. „Scheißbullen", „Nazis" und „Wichser" waren dabei noch die harmlosesten Schimpfworte, mit denen er uns bedachte. Als er dann auch noch begann, gegen den Beifahrersitz zu treten, wurde es mir zu bunt. Da ich neben ihm auf der Rückbank saß, war es mir ein Leichtes, ihn am Kragen zu packen. Ich schrie ihm ins Gesicht: „Noch mal so 'ne Aktion und ich vergess mich, klar?! Halt ja die Füße still, du Pflegefall!"

Widerwillig beruhigte sich dieser Halbwüchsige.

Nachdem wir die Leitstelle informiert hatten, beeilten wir uns, den Jungen beim PG, dem Polizeigewahrsam im Präsidium am Waidmarkt, abzuliefern. Zu so später Stunde brauchten wir keine zwanzig Minuten zu dem alten Hochhaus in der Innenstadt. Als wir über die Deutzer Brücke fuhren, blickte ich gedankenverloren auf die hell erleuchtete Altstadt und den majestätischen Dom. Wie sehr ich diesen Anblick doch liebte! Er entschädigte mich voll und ganz für den Ärger, den uns dieser Idiot bereitet hatte.

Nach unserer Ankunft brachten wir den jungen Randalierer ins Wachlokal des PG. Ein dünner Mann Mitte dreißig nahm uns in Empfang. Der uniformierte Kollege, der als türkisches Double von Heiner Lauterbach durchgegangen wäre, war ein alter Bekannter von mir, mit dem ich schon das eine oder andere Kölsch getrunken hatte. Polizeihauptmeister Walter Steimann war ein erfahrener und äußerst trinkfester Kollege, der keine Feier ausließ. Er reichte mir die rechte Hand zum Einschlagen und erhob seine vom ständigen Nikotinkonsum heisere Stimme.

„Tach Jung, wie es et?"

„Hallo Walter, bei uns ist so weit alles klar. Aber wir haben Arbeit für dich! Einmal ausnüchtern, bitte! Unser junger Freund hier wollte uns an den Kragen. Also sei vorsichtig: Bissiger Teenie!"

„Geht klar! Jetzt kommste erst mal mit!"

Walter kam hinter der Theke hervor und nahm uns den Jungen ab. Er führte ihn im Polizeigriff Richtung Zellentrakt. Im Vorbeigehen verzog Kollege Steimann das Gesicht.

„Da habt ihr aber 'n nettes Früchtchen einkassiert! Ich werd erst mal den Arzt rufen. Bin schon auf die Blutprobe gespannt. Der hat doch bestimmt mehr als zwei Promille!"

„Davon kannst du ausgehen, Walter. Hier sind sein Ausweis und seine weiteren persönlichen Gegenstände. Ich mach jetzt noch schnell den Papierkram fertig."

„Danke, Pitter!"

Bevor wir uns wieder auf den Weg machten, steckte ich mir eine Zigarette an. Erst jetzt fand ich Zeit, Marcel für sein beherztes Auftreten zu loben. „Das war eben sehr gute Arbeit, Marcel! Dem hast du's richtig gegeben!"

„Danke, Pitter! Ich lass mich nun mal nicht gerne als ‚Brillenschlange' beschimpfen. Da werde ich ziemlich wütend!"

Wir mussten beide lachen, und setzten uns in unseren Mondeo. Ich schaute auf die Uhr: 23:40. Die nächste Stunde verlief ohne besondere Vorkommnisse. Wir drehten unsere Runde quer durch Humboldt/Gremberg, Ostheim und Vingst.

„Scheint ja doch noch 'ne ruhige Nacht zu werden, was, Pitter?"

„Beschrei es lieber mal nicht, alter Freund! Unsere Schicht ist noch lang!"

Ich hatte es kaum ausgesprochen, da knackte es abermals im Funkgerät.

„18/31 für 18/01!" Es war die vertraute Stimme von Daniel Kendenich. Nach einem tiefen Seufzer schaute ich Marcel genervt an. „Was hab ich dir gesagt, Marcel?"

„Jaja, hast ja recht! Ich nehm alles zurück!"

***

„Kommen, 01!" „Randalierer in der Ostheimer Nummer 137! Hausbewohner wurden tätlich angegriffen und bedroht. Der Anrufer wartet vor dem Haus auf euch. Eigensicherung beachten: Täter ist gewaltbereit und höchstwahrscheinlich bewaffnet! Sonder- und Wegerechte frei! Anfahrt mit der *3*! Und passt bloß auf euch auf! Wenn ihr wiederkommt, wartet 'ne heiße Tasse Kaffee auf euch! Also beeilt euch, Männer!"

Inzwischen war es zwanzig vor eins. Wir befanden uns in der Odenwaldstraße/Ecke Rolshover Straße in Humboldt/Gremberg. Das blaue Flackern der auf dem Fahrzeugdach befindlichen Hella-Signalanlage erhellte die umliegenden Hausfassaden. Marcel wendete den Mondeo mit quietschenden Reifen und gezogener Handbremse in einem Zug.

Wir brausten mit erhöhter Geschwindigkeit über die Odenwaldstraße, bogen nach links in die Homarstraße, nach einigen Metern rechts auf die Kampgasse, dann links auf die Kuthstraße, bevor wir letztendlich nach rechts auf die Ostheimer Straße einbogen. Nach wenigen Metern erreichten wir die Hausnummer 137. Ein blaugrau-weißer Bau mit acht Obergeschossen, der ein städtisches Wohnheim für Obdachlose, ausländische Flüchtlinge und Einwanderer beherbergte, lag neben uns.

Vor dem Hauseingang hatte sich eine Menschentraube gebildet. Es handelte sich um etwa fünfzehn Personen, die vor der mit einer zerbrochenen Glasscheibe „verschönerten" Haustür standen. Als wir eintrafen, kreischten uns direkt einige dunkelhäutige Frauen an, die lange Gewänder trugen und kleine weinende Kinder auf dem Arm hielten. Ebenso versuchten einige Männer nordafrikanischer oder arabischer Herkunft, uns mit Händen und Füßen von dem Vorfall zu berichten. Erst, nachdem ich einmal aus voller Brust „Ruhe!" geschrien hatte, wurde die Menge tatsächlich ruhiger. Es war offensichtlich, dass die Hausbewohner große Angst hatten. Einige hatten schreckgeweitete Augen, andere zitterten am ganzen Körper. Schwierig war nur, dass wir gar nicht wussten, was sich genau ereignet hatte. In Daniels Funkspruch war nur von einem gewalttätigen Randalierer die Rede gewesen - und dass uns der Anrufer vor dem Haus erwarten würde. Na super! Wer von diesen vielen verängstigten Leuten hatte denn nun angerufen? Marcel und ich schauten uns ratlos an.

Da kämpfte sich ein etwa dreißigjähriger großer Mann mit flachsblonden Haaren, Seitenscheitel und ausgeprägten Wangenknochen zu uns durch.

„Guten Abend, die Herren, Gott sei Dank, dass Sie endlich da sind! Mein Name ist Sergej Neumann. Ich hatte bei Ihren Kollegen angerufen", sagte er mit osteuropäischem Akzent.

„Guten Abend, Herr Neumann. Mein Name ist Merzenich, das ist mein Kollege Koslowski. Was ist denn jetzt genau passiert?"

„Sehen Sie, wir haben heute bei uns in der Wohnung den Geburtstag meiner kleinen Tochter Elisabeth gefeiert – ihr erster in der neuen Heimat. Wir sind im Februar aus Kasachstan eingereist. Und – na gut, es war ein bisschen lauter. Meine Brüder sind abends vorbeigekommen. Wir haben Wodka getrunken und darüber die Zeit vergessen. Vor ungefähr einer halben Stunde klopfte es dann an unserer Tür. Es war unser Nachbar, Herr Kohler. Ich öffnete und er packte mich ohne Vorwarnung am Kragen, schüttelte mich durch und sagte: ‚Seid endlich still, verdammtes Russenpack!" Er hatte schon ausgeholt, um mich zu schlagen. Aber ich konnte mich losreißen und die Tür schließen. Der Mann hat dann versucht, die Wohnungstür einzutreten und hat auch mehrere Bierflaschen gegen unsere Tür geschmissen. Irgendwann ist er dann gegangen und hat im Haus randaliert. Sie müssen sich mal das Treppenhaus ansehen. Das sieht aus wie nach einem Erdbeben."

Marcel ergriff das Wort: „Wo ist dieser Herr Kohler jetzt?"

Der Russlanddeutsche zuckte mit den Schultern. „Als ich eben runtergegangen bin, um Sie abzuholen, hab ich ihn nicht mehr gesehen. Wahrscheinlich ist er wieder in seiner Wohnung."

„Gut. Ist irgendjemand verletzt?"

Neumann schüttelte den Kopf „Können Sie uns bitte zeigen, wo Herr Kohler wohnt?"

„Selbstverständlich, meine Herren. Bitte folgen Sie mir!"

Wir ließen die Menge aufgebrachter Leute zurück, die sich allein durch unsere Anwesenheit langsam beruhigt hatte und betraten den Raum, der wohl mal als Hausflur geplant gewesen war. Kaum waren wir eingetreten, schlug uns eine Duftwolke aus Knoblauch, Alkohol, angebranntem Fleisch und Pissoir entgegen. Ich spürte, wie sich mein Magen umdrehte. Obwohl Marcel und ich bereits öfter hier gewesen waren, waren der Gestank und der gesamte Zustand des Hauses immer wieder aufs Neue unerträglich. Die vormals weißen Wände waren sowohl mit Farbe als auch mit undefinierbarem Dreck beschmiert, Jugendliche hatten unlesbare Parolen auf dem bröckelnden Putz hinterlassen. Das wackelige Treppengeländer packten Marcel und ich erst an, nachdem wir beide fast synchron unsere schwarzen Lederhandschuhe angezogen hatten. Auf dem Treppenabsatz des zweiten Stockwerks stapfte ich in meiner Schusseligkeit in eine undefinierbare stinkende Pfütze. Ich konnte mir denken, um welche Flüssigkeit es sich handelte. Ein Stockwerk höher begrüßte mich fiepend eine kleine Maus. Hier waren auch die ersten Spuren von Kohlers Wutattacke zu sehen. Mehrere volle Bierflaschen hatte Kohler offensichtlich gegen die Wand gedonnert, Glasscherben lagen auf dem Boden.

Man konnte eine schreiende Stimme aus dem fünften Stock vernehmen. Neumann teilte uns mit, dass dieser Schreihals sein Nachbar Kohler war.

„Diese Dreckskerle können mich alle mal! Ich mach euch alle platt, damit das klar ist! Kommt doch her! Na los, ich weiß, dass ihr da seid! Kommt schon!"

Marcel richtete sein Wort an Herrn Neumann: „Mit wem redet der?"

„Vermutlich mit sich selbst! Der schimpft fast jeden Abend rum, wenn er getrunken hat, ist aber noch nie handgreiflich geworden, so wie heute. An die Schreierei haben wir uns inzwischen schon gewöhnt. Aber heute hat er's übertrieben."

Endlich waren wir im fünften Stock angekommen. Kohlers Hintergrund-Gegröle passte zu dem Zustand des Treppenhauses in dieser Etage. Er schien sein komplettes Mobiliar aus der Wohnung geworfen zu haben: ein zertrümmerter

Holzstuhl, mehrere leere Bierkästen und zersprungene Schnapsflaschen hatte er in seiner Tobsucht vor seine Wohnungstür verfrachtet. Das Treppengeländer hatte er auf diesem Stock komplett aus der Verankerung gerissen oder getreten, wir mussten über die zerbrochenen Streben klettern. Ich wandte mich an Herrn Neumann. „Vielen Dank für Ihre Hilfe. Gehen Sie jetzt bitte in Ihre Wohnung. Den Rest machen wir allein." Herr Neumann zog sichtlich erleichtert die Wohnungstür hinter sich zu.

Ich atmete tief durch, sofern der Gestank in diesem Haus die Aufnahme von Frischluft überhaupt zuließ. „Gehen wir rein, Pitter, oder sollen wir Verstärkung rufen?"

„Mit dem Kameraden werden wir doch alleine fertig, oder?"

Wir nickten uns kurz zu, dann hämmerte ich wie wild mit der geballten Faust gegen die Tür. „Herr Kohler! Aufmachen! Polizei!"

„Wat wollt ihr Drecksäcke denn hier? Ihr könnt mich mal am Arsch lecken!"

Obwohl uns eine verschlossene Tür und eine Wand räumlich von diesem Kohler trennten, brüllte er so laut, dass es uns vorkam, als stände er direkt vor uns.

Marcel versuchte es jetzt noch mal. „Herr Kohler! Ich fordere Sie letztmalig auf, die Tür unverzüglich zu öffnen! Ansonsten müssen wir sie gewaltsam aufmachen!"

„Mir doch egal! Kommt doch her, wenn ihr euch traut! Dreckspack!"

Wir wussten nicht, was uns jenseits der Tür erwartete. Trotz der unsicheren Lage entschied ich mich - ohne lange zu überlegen –, nicht länger zu warten und sofort einzugreifen. „Marcel, halt dich bereit. Ich tret die verdammte Tür jetzt ein. Bleib hinter mir und gib mir Deckung, wenn's sein muss!"

„Okay. Wirklich keine Verstärkung?"

Ich schüttelte den Kopf. „Dauert zu lange. Der Typ muss aus dem Verkehr gezogen werden."

Ich nahm Anlauf und trat mit meinem rechten Fuß mit voller Wucht gegen das Türschloss. Das Holz zerbarst, brach aber nicht. So nahm ich erneut Anlauf und trat noch fester gegen die Tür. Diesmal sprang sie mit einem scheppernden Geräusch auf. Das Schloss hing nur noch an einer Schraube befestigt runter, Holzsplitter fielen auf den Boden. Blitzschnell traten Marcel und ich ein.

Während das gesamte Wohnhaus schon einen trostlosen und verdreckten Eindruck hinterließ, schien diese Wohnung alles bisher Gesehene nochmals um Längen zu toppen. Wir mussten uns durch regelrechte Vorhänge aus Spinnweben kämpfen, blaue Plastikmüllsäcke mit umherkreisenden Fliegen-Geschwadern versperrten uns den Weg. In dem hell erleuchteten Wohnzimmer am anderen Ende des Flurs stand Kohler, ein Mann Mitte bis Ende fünfzig, ungekämmt und unrasiert, rote Säufernase, Bierbauch und verdreckter Trainingsanzug, mit einer Flasche Bier in der Hand. Als er den ersten Schock über unser Eindringen überwunden hatte, machte er sich mit einer Fliegenklatsche auf den Weg zu uns. Das Wohnzimmer, das Marcel und ich erblickten, war genauso dreckig wie der Rest der

Wohnung. Ich glaubte, mich am ganzen Körper kratzen zu müssen, dachte, eine ganze Kolonne Flöhe wolle von meinen Beinen Besitz ergreifen. Marcel schien es nicht anders zu gehen. Um sich vor dem Geruch von Scheiße, Urin und Müllhalde zu schützen, hielt er sich mit der linken Hand Mund und Nase zu. Ich konnte sehen, dass Kohler nun seine Fliegenklatsche hob und auf mich losgehen wollte.

„Euch Arschlöchern werde ich helfen, hier einfach so einzudringen!"

Der Mann, der wie eine ganze Schnapsbrennerei roch, hatte den Satz noch nicht zu Ende gesprochen, als ich ihm die Fliegenklatsche einfach aus der Hand riss. Marcel packte im gleichen Augenblick die Bierflasche, die der Angreifer in der anderen Hand hielt. Dass er die auch gerne als Wurfgeschoss oder Waffe einsetzte, hatte Kohler ja im Treppenhaus eindrucksvoll unter Beweis gestellt.

Kohler begann zu wimmern, als wir ihn auf der Couch ablegten: „Hört doch auf, ihr Schweine! Was wollt ihr denn bloß von mir? Lasst mich in Ruhe! Bitte!" .

Marcel hatte dem völlig fertigen Kerl Kabelbinder angelegt. Seine Aggressivität war inzwischen dem Selbstmitleid über seine Situation gewichen. Ich versuchte, auf den Mann einzureden: „Verhalten Sie sich einfach ruhig, okay? Wir tun Ihnen schon nichts. Aber Sie haben ja wohl heute hier ganz schön randaliert, oder? Was sollte das denn?"

„Ach, diese blöden Scheißrussen, die..."

„Sie meinen Ihre Nachbarn? Ich möchte hier keine Beleidigungen hören, klar?"

„Jaja, schon gut. Die haben so 'nen Krach gemacht und ich wollte doch einfach nur meine Ruhe! Tut mir leid, ich wollte das nicht! Läuft aber auch alles nur noch schief."

Ich beugte mich zu dem gebrochenen Mann runter. Manchmal war man als Streifenbeamter halt auch eine Art Sozialarbeiter. Schon oft hatten Marcel und ich Leuten unser Ohr geliehen, die in einer verzweifelten, ja ausweglosen Situation waren und jemanden zum Reden brauchten. Und Kohler schien ein solcher Fall zu sein. „Wie meinen Sie das?"

„Na, sehen Sie das Bild auf dem Fernseher?" Ich schaute auf das alte Telefunken-Gerät und erblickte ein Hochzeitsbild, das Kohler – in besseren Tagen – und seine ziemlich gut aussehende Braut zeigte. Ich nickte.

„Sehen Sie, das war meine Frau Hilde. Die ist mir vor drei Jahren unter den Händen weggestorben. Hirntumor! Und dann haben die mich vorletztes Jahr bei Felten & Guillaume einfach so nach Hause geschickt. ‚Betriebsbedingt', haben die gesagt. Und sie wollten erst mal die Alten in Frührente schicken. Mit 'ner lächerlichen Abfindung. Und von der Rente kann ich auch nicht leben. So 'ne Scheiße! Ich will nicht mehr! Lasst mich doch einfach in Ruhe! Ich halt's nicht mehr aus!"

Der Mann, der vor wenigen Minuten noch ein ganzes Haus auseinandergenommen hatte, sackte in sich zusammen wie ein Häufchen Elend, schluchzte wie ein kleines Kind. Ich empfand Mitleid mit dem armen Kerl. Marcel erging es nicht anders. Er schaute ebenfalls ziemlich betroffen. Kohler wandte sein tränenüberströmtes Gesicht in unsere Richtung. „Was passiert denn jetzt mit mir?"

Marcel antwortete: „Wir werden Sie jetzt ins Polizeigewahrsam bringen. Da können Sie sich mal so richtig ausruhen und werden dann vom Arzt untersucht. Und in der Verfassung, in der Sie und Ihre Wohnung sind, werden wir das Ordnungsamt verständigen müssen. Das sieht ja schlimm aus hier!"

Der Mann heulte erneut. „Nein, nehmt mir bitte nicht mein Zuhause! Lasst mich doch in Ruhe!"

„Machen Sie sich mal keine Sorgen! Wir nehmen Sie jetzt erst mal mit und dann sehen wir weiter." Ich holte das Funkgerät aus der Gesäßtasche meiner Hose. Dabei musste ich immer wieder Fliegen abwehren, die um mein Gesicht kreisten.

„18/01 für 18/31!"

„18/01 hört!"

„Wir bringen den Randalierer jetzt ins PG. Die Wohnung müsstest du mal sehen! Der blanke Horror! Das hältste hier im Kopf nicht aus! Wir hauen jetzt ab!"

„Verstanden, 18/31! Beeilt euch! Hier warten frischer Kaffee und Kekse auf euch!"

Die Menschenmenge, die bei unserer Ankunft vor der Haustür auf unser Eintreffen gewartet hatte, war zwischenzeitlich aufgelöst worden. Kohler verfrachteten wir auf die Rückbank unseres Streifenwagens. Marcel lehnte sich an die Motorhaube. Ich saß auf dem Fahrersitz und verfasste den handschriftlichen Streifenbefehl. Als ich nach einigen Minuten fertig war, zündete ich mir auf den Schock erst mal eine Zigarette an, deren Nikotin ich tief einsog. Das beruhigte meine angespannten Nerven. Nach schweigsamen fünf Minuten an der windstillen, klaren Luft stieg ich in den Ford.

***

Gegen zehn vor zwei waren wir wieder an der Hauptwache in Kalk. Marcel und ich müssen sehr geschafft ausgesehen haben, als wir unser Wachlokal betraten. Franky klopfte uns beiden auf die Schulter und nahm seine Zigarette aus dem Mundwinkel. „Det Jeschäft brummt janz jut, wa? Ihr beede seht och aus wie durch die Mangel jedreht. Macht ma ne Fuffzehn. Daniel hat eene extra-jute Bohne jebrüht, die Lorke habta euch vadient."

„Danke, Franky. Die Einladung werden wir gerne annehmen!", antwortete ich.

So verschwanden Marcel und ich in unseren Aufenthaltsraum und gossen uns den duftenden Kaffee ein. Daniel betrat den Raum und stellte einen Teller mit Plätzchen auf den Tisch. „Hier Jungs, wie versprochen. Die sind selbstgemacht!"

Ich probierte einen der Butterkekse. Er schmeckte köstlich. „Mensch, Daniel, ist das lecker! Bei deinen Koch- und Backkünsten müsste doch eigentlich jede Frau nur so dahinschmelzen. Warum bist du bloß noch Junggeselle?"

Kollege Kendenich antwortete mir in seiner gewohnt theatralischen Art: „Ach, Pitter, was könnte ich einer Frau schon bieten? Mein feuchtes, dunkles Kellerloch, das sich Wohnung nennt, keine gut bezahlte Arbeit. Außerdem hat meine Mama die Kekse gebacken. Nein, ich bin leider nicht das Objekt weiblicher Begierden!"

Daniel, der zu den exzentrischsten Kollegen zählte, die ich im Laufe der Jahre kennengelernt habe, tat so, als würde er sich eine Träne von der Wange wischen und verließ den Raum. Er spielte nur allzu gerne den mittellosen, missverstandenen Einsiedler, obwohl er eine große Eigentumswohnung in Porz besaß und gegenüber Frauen äußerst charmant war.

Marcel und ich lachten und nahmen am Tisch Platz. Während er sich abermals in seine Computerzeitschrift vertiefte, zog ich meine Schuhe aus und legte die Füße auf den Tisch. Den Kaffee hatte ich in Windeseile ausgetrunken. Erst jetzt bemerkte ich, dass Marcel und ich uns seit unserem Einsatz in der Ostheimer Straße angeschwiegen hatten. Das kam höchst selten vor. Normalerweise quatschten wir immer miteinander, egal, was wir für einen stressigen Job zu erledigen hatten. Während ich darüber nachdachte, wurden meine Augenlider immer schwerer...

Ein starkes Rütteln riss mich aus meinem Tiefschlaf. Marcel beugte sich über mich. „Pitter, wach auf! Los! Wir müssen wieder! Na los!"

Im ersten Moment wusste ich gar nicht, wo ich war. Ein Blick auf die Uhr: 2:31. Obwohl ich weiß Gott nicht lange geschlafen hatte, fühlte ich mich zum ersten Mal an diesem Abend ausgeruht und entspannt. Marcel und ich begaben uns in unseren Streifenwagen, diesmal setzte ich mich ans Steuer. Wir drehten abermals unsere Runde. Alles war ruhig.

Besonders gesprächig waren wir beide allerdings immer noch nicht. Es schien, als hätten wir für die heutige Schicht genug gehabt. Weder Marcel noch ich konnte ahnen, was in dieser Nacht noch auf uns zukommen sollte.

Ich blickte auf meine Armbanduhr: 3:15. Seit einer Dreiviertelstunde kurvten wir rum, ohne dass irgendetwas passierte. Bis auf einige wenige Nachtschwärmer waren die Straßen im Osten Kölns wie ausgestorben. Ich hatte meine Seitenscheibe geöffnet, es war eine sehr laue Nacht. Eigentlich ideal, um mit seiner Perle an die Poller Rheinwiesen rauszufahren und den sternenklaren Nachthimmel zu bewundern – wenn man denn eine gehabt hätte... Sowohl Marcel als auch ich waren seit einiger Zeit Single. In meinen Augen kein erstrebenswerter Zustand. Aber in unserem Beruf hatte man halt auch sehr wenig Zeit, um sich mit einer Frau zu treffen. Der ewige Schichtdienst zu den unmöglichsten Tages- und Nachtzeiten hatte schon viele Beziehungen von Schutzpolizisten in die Brüche gehen lassen. In diese Gedanken versunken lenkte ich den Mondeo durch die Nacht.

Wir fuhren die Frankfurter Straße Richtung Höhenberg ab. In der Nähe der Gernsheimer Straße bat mich Marcel, anzuhalten. So hielt ich dann vor dem großen Gelände eines Gebrauchtwagenhandels. „Was hast du denn jetzt schon wieder gesehen, Marcel?"

„Na, sieh doch selbst! Da hinten im Büro brennt Licht! Ganz schwach nur, wie von einer Taschenlampe."

Ich blickte in Richtung des kleinen, zweigeschossigen Hauses, das sich am Rande des relativ weitläufigen Hofes befand. Marcel hatte – wieder einmal – recht. Durch das Fenster konnte man den schwachen und ständig in Bewegung befindlichen Schein einer Taschenlampe erkennen. Wir blickten uns kurz an, dann ergriff ich das Wort: „Das sollten wir uns mal näher ansehen. Um die Uhrzeit wird wohl kaum jemand da arbeiten, oder?"

„Eben. Und wenn doch, würde derjenige sicherlich das Licht einschalten. Da bricht gerade jemand ein!"

Ich nahm das Mikrofon des Funkgeräts in die Hand: „18/01 für 18/31!"

Es rauschte und knackte, dann meldete sich die Stimme von Daniel Kendenich. „18/01 hört! Was kann ich für euch tun, Männer?"

„Mach uns mal 'nen Einsatz auf und schick direkt Unterstützung: Standort Gebrauchtwagenhandel Klütsch, Frankfurter Straße 609 - vermutlich ‚Einbruch TO'!"

„Einbruch TO" war Polizeideutsch und die Abkürzung für „Einbruch – Täter am Ort".

„Hab ich notiert! - *18/32 und 33 für 01 mit Standort!*"

„18/32 am Koburger Platz in Höhenberg!", sagte Jean-Claude mit unüberhörbar arrogantem Unterton.

„18/33 auf Olpener Straße Höhe Nohlenweg in Merheim!", meldete sich die bedächtige Stimme von Lothar Fröhlich.

„18/33, dann seid ihr näher dran! Unterstützt 18/31 bei Einsatz Frankfurter Straße 609! Vermutlich Einbruch TO in Gebrauchtwagenhandel! Könnt euch reindrücken!“

„Ja, verstanden! Sind schon auf dem Weg!“

Keine fünf Minuten später waren Sonja und Lothar eingetroffen. Das Gelände war eingezäunt. Ich kletterte über den mannshohen Gitterzaun, Marcel und Sonja folgten mir.

„Was ist mit dir, Lothar?“, fragte unsere hübsche Kollegin. Aber der alternde Hauptmeister winkte ab. „Lass mal. Ich halte hier draußen die Stellung.“

Ich schüttelte lächelnd den Kopf. Zu dritt kämpften wir uns geduckt durch die Gasse zwischen den Reihen der dicht aneinander geparkten Autos in Richtung des Verwaltungsgebäudes. Ich hörte Schritte vom Haus her auf uns zukommen. Marcel und Sonja, die schräg hinter mir gingen, deutete ich mit einer Handbewegung an, sich hinter den Autos zu unserer linken Flanke zu verstecken. Ich selbst ging vor der Motorhaube eines alten Benz, der direkt vor der Hauswand stand, in die Knie. Schnell kamen die Schritte näher. Wahrscheinlich hatte man uns bei unserer Ankunft bemerkt, schließlich war die Frankfurter Straße – im Gegensatz zu dem Gelände des Gebrauchtwagenhandels – beleuchtet. Dann ging plötzlich alles blitzschnell: Der Unbekannte tauchte an der linken Seite des Benz auf, dessen Front ich als Versteck genutzt hatte. Bevor er etwas sagen konnte, sprang ich auf, packte ihn am Nacken und am linken Oberarm, riss ihn zu Boden und trat ihm die

Beine weg. Ich hatte leider nicht drauf geachtet, ihm den Mund zuzuhalten. So brachte er im Fallen noch ein ohrenbetäubendes „Bullen! Hau ab!“, eine Warnung an seinen Kumpel im Innern des Gebäudes, heraus. Bevor ich dem durchtrainierten Jugendlichen Handschellen anlegen konnte, riss er sich los, sprang seinerseits auf und schubste mich. Infolgedessen knallte ich mit dem Kreuz gegen den Kofferraum eines vor dem Benz geparkten BMW. Der Typ nahm sprichwörtlich die Beine in die Hand, sprang auf die Motorhaube des BMW, gegen dessen Heck ich geprallt war, und kletterte in Windeseile über den Zaun. Lothar, der ihm nun am nächsten war, versuchte, ihm hinterher zu sprinten. Aber aufgrund seiner Leibesfülle musste er dieses Unterfangen leider sehr schnell aufgeben.

Nun wollten Sonja und Marcel ihm hinterher.

„Sonja! Marcel! Schnappt euch den anderen! Der Kerl gehört mir!“

Die beiden nickten und stürmten in Richtung des Gebäudes, aus dem eine weitere dunkle Gestalt stolperte.

Während ich mit starken Schmerzen im Kreuz über den Zaun kletterte und dem Ausgebüchsten auf die Frankfurter Straße folgte, drehte ich mich kurz um und konnte sehen, dass Sonja und Marcel den zweiten Einbrecher niedergestreckt hatten und diesem nun Handschellen anlegten.

Der Sprinter lief weiter unaufhaltsam Richtung Rösrather Straße und hatte ein paar Meter Vorsprung. Wir passierten die Kreuzung mit dem Buchheimer Weg. Ich hatte Mühe, mit seinem Tempo mitzuhalten. Aber ich wollte diesen Kerl unbedingt schnappen. Als wir an der alten Tankstelle vorbeigekommen waren, die nun auch einen Autohandel beherbergte, merkte ich, wie der Einbrecher langsamer wurde. Ich setzte alles auf eine Karte und beschleunigte nochmals mein Tempo. Heftige Seitenstiche waren die Quittung für meinen unbändigen Jagdtrieb. Ich holte schnell auf, konnte inzwischen schon das schwere Atmen des jungen Mannes hören. Als ich kurz vor der Kreuzung Zehnthofstraße nur noch wenige Schritte von ihm entfernt war, setzte ich zum Sprung an, ergriff im Flug von hinten mit beiden Händen seine Schultern und brachte ihn erneut zu Fall.

„Endstation, Mann!“, sagte ich zu ihm, während ich ihm Handschellen anlegte.

Ich hob ihn hoch und führte ihn schweißgebadet ab.

Als ich – den sportlichen Jugendlichen untergehakt – endlich an unserem Wagen ankam, standen Sonja und Marcel – die Arme vor der Brust verschränkt und breitbeinig – vor dem bäuchlings liegenden Komplizen des Mannes.

„Na, da bist du ja endlich wieder, Pitter! Hat ja lange genug gedauert!“, sagte mein Freund.

Sonja hingegen begrüßte mich mit einem warmherzigen Lächeln. „Na, Pitter, war wohl anstrengender, als du gedacht hast, was?“

„Wie kommst du denn darauf, liebste Kollegin?“

„Na, du siehst aus wie im Schweiß gebadet.“ Ich befühlte meine Stirn.

Sonja hatte recht. Der Schweiß lief mir in Strömen runter, mein Hemd klebte auf der Haut. Hinzu kamen unerträgliche Rückenschmerzen, die mich mein Gesicht schmerzverzerrt verziehen ließen. „Hast du dir eben doll wehgetan?“ Sie sah mich aufrichtig besorgt an. Ich deutete auf den jungen Einbrecher, der von Lothar nach einem kurzen Plausch mit Marcel abgeführt wurde.

„Als der Pflegefall mich eben gegen den Wagen geschubst hat, hab ich mir doch tatsächlich was am Kreuz zugezogen. Ist aber halb so wild, Sonja.“

Ich wollte vor dieser süßen Kollegin nicht eingestehen, dass die Schmerzen relativ heftig waren. Aber sie ließ nicht locker. „Hör mal, wenn ich dir irgendwie helfen kann... Soll ich dir den Rücken massieren? Ich kann das ziemlich gut...“

Welcher Mann würde ein solches Angebot ablehnen? Doch bevor ich etwas entgegnen konnte, klopfte mir Lothar, dessen Kopf dank seines vergeblichen Versuchs, den durchtrainierten Einbrecher zu verfolgen, immer noch rot angelaufen war und der heftig nach Luft schnappte, auf die Schulter. „So, ihr Turteltäubchen: Können wir langsam zur Wache? Die Typen sitzen verpackt in den Autos. Los, kommt!“

Sonja und ich nickten und begaben uns zu unseren Wagen. Leise fragte mich Marcel: „Sollte ich irgendetwas wissen, alter Freund?“ Dabei deutete er auf den vor uns fahrenden Mondeo von Sonja und Lothar.

„Was meinst du jetzt?“

„Na, so angeregt wie du dich eben mit unserer netten Kollegin unterhalten hast...“

Etwas zu energisch schüttelte ich den Kopf. „Ach was, wir sind doch nur Kollegen. Wir mögen uns einfach ganz gern.“

„Ist klar. Und ich bin Prinz Karneval!“

Ich ging nicht weiter auf dieses Thema ein, den Rest des Weges schwiegen wir. Unsere „Fahrgäste“ verhielten sich sehr ruhig, sie wussten, was auf sie zukam.

So kamen wir erneut an der Hauptwache an. Franky, der sich mit Hartmut über die Fußball-WM unterhielt, die momentan in den USA stattfand, nahm die Zigarette aus dem Mund und empfing unsere Karawane aus vier Beamten und zwei Einbrechern mit einem Kopfschütteln. „Wat soll 'n det? Ihr gloobt och, ick hab weiter nüscht zu tun, wa?“, fragte er gespielt entrüstet. Wir lachten.

Hartmut nickte uns anerkennend zu und bedachte uns mit einem warmherzigen Lächeln.

Ich verschwand schnell in der Umkleide und wechselte mein verschwitztes Hemd. Nachdem ich mir eine Zigarette angezündet hatte, blickte ich wieder mal auf die Uhr: 4:16. Noch knappe zwei Stunden, und mein Bett hätte mich wieder. Ich rauchte an der frischen Luft meine Kippe zu Ende, bevor wir unsere Streifenfahrt fortsetzten. Viel konnte ja nicht mehr passieren. In freudiger Erwartung des Schichtendes drehten Marcel und ich unsere Runde, diesmal durch den Doppelstadtteil Humboldt/Gremberg.

***

Es war kurz nach halb fünf, als wir an der ARAL-Tankstelle an der Rolshover Straße vorbeifuhren. Auf dem Gelände der Tankstelle war ein goldfarbenes, von Lorinser getuntes Benz-Coupé aus den 80er Jahren vom Typ 500 SEC geparkt. Ich kannte die prollige Kiste. Sie gehörte einem Mitglied meines Boxvereins, das eine richtige Lokalgröße war und von allen nur „Jupp“ genannt wurde. Es handelte sich um den Zuhälter Josef Opladen, dessen Vorstrafenregister mehrere DIN-A4-Seiten umfasste. Eigentlich kein übler Typ mit „Hätz“, der jedoch schon allzu oft seine Fäuste für sich sprechen gelassen hatte. Ich hatte mir schon des Öfteren Tipps für die optimale Boxtechnik von ihm geben lassen. Vier Jahre zuvor hatte ich es nicht zuletzt aufgrund Jupps guter Trainingstipps sogar zum westdeutschen Amateurmeister meiner Gewichtsklasse gebracht. Ich reduzierte das Tempo des Fords, die Neugier hatte mich gepackt. Ein paar Schritte von der Karre entfernt stand nun Jupp, ein typisch kölscher Klischee-Lude: Blonde Vokuhila-Frisur, dicke Goldkette um Hals und Handgelenk, teure Rolex, Muscle-Shirt, das seine Anabolika gestärkten Arme auf zweifelhaft eindrucksvolle Weise hervorhob, eine bunt bedruckte Pluder-Trainingshose und auf Hochglanz polierte Slipper mit weißen Tennissocken. Eine Karikatur seiner gesamten Zunft. So präsentierte sich Jupp.

Er schien mit Händen und Füßen auf eine äußerst reizvolle junge Dame einzureden, die zu ihrem Businesskostüm mit viel zu kurzem Minirock hochhackige Pumps trug. Trotz ihrer grellen Gesichtsbemalung fand ich die rothaarige Frau sehr attraktiv. Sie war zwar augenscheinlich eine Nutte, verfügte jedoch über eine seltsame Anziehungskraft. Ich verspürte auf Anhieb den Drang, sie näher kennenzulernen. Jupp bemerkte unseren grün-weißen

Mondeo derweil nicht. Sonst hätte er sich garantiert anders verhalten.

So jedoch packte er die Frau mit seinen riesigen Pranken an den Schultern und schüttelte sie durch. Die Frau hob beschwichtigend die Hände, was Jupp jedoch nur noch mehr in Rage brachte. Mein Beschützerinstinkt war geweckt. Ich stellte den Wagen etwa zwanzig Meter vom Schauplatz des Geschehens ab. Zeitgleich erhoben sich Marcel und ich von den Sitzen und stiegen aus.

Jupp schrie die ganze Straße zusammen, sein Kopf war hochrot. „Lumpige dreihundert Mark! Du willst mich wohl verarschen, Mädchen! So nit! Bin ich etwa die Heilsarmee, oder wat? Fünfhundert waren vereinbart! Entweder du siehst zu, wie du die restliche Kohle ranschaffst, oder..."

Ich trat neben Jupp, der uns immer noch nicht bemerkt hatte, und umfasste mit festem Griff seine Schulter. „... oder wat, Jupp? Willste die Kleine dann grün und blau schlagen?"

Jupp schien vor Schreck über unseren Besuch wie erstarrt. Ich konnte aus dem Blickwinkel sehen, wie Marcel – dienstbeflissen, wie er war – den 500 SEC genauestens unter die Lupe nahm und auf mögliche technische Mängel inspizierte. So was machte ihm viel Spaß, vor allem, da er Leute wie Jupp aufgrund seiner moralischen Wertvorstellungen bis aufs Tiefste verachtete.

Jupp blickte in meine Richtung. „Oh, guten Abend, Pitter! Schön, dich zu sehen. Wie geht's dir, alter Kumpel?"

„Spar dir dein Geschwätz, Alter! Was ist hier los? Hast wohl wieder mal Stress mit einem deiner Pferdchen, was?

Wär ja nicht das erste Mal! Ich warne dich: Wenn du dich noch einmal an einer deiner ‚Mitarbeiterinnen' vergreifst, kriegste von mir mächtigen Ärger! Hab ich dir doch schon mal gesagt, oder?"

„Jaja, Pitter, ich weiß. Das war aber gar nicht so. Das ist 'ne Bekannte von mir, der ich Kohle geliehen habe, nichts weiter. Ist doch so, Caroline, oder?"

Eingeschüchtert schaute besagte Caroline in meine Richtung. Sie hatte mich bereits die ganze Zeit mit großen grünen Augen angesehen. „Jaja, ist alles in Ordnung. Ich bin nur 'n bisschen in Verzug mit der Rückzahlung. Das war alles." Ihr beschämter Blick sagte mir, dass sie log. Genauso wie mein Boxkumpel Jupp. Aber ich hatte nichts gegen ihn in der Hand. Ein frustrierendes Gefühl. Auch wenn ich gegen Jupp normalerweise nichts hatte, gewalttätige Zuhälter kann ich auf den Tod nicht ausstehen.

Mit einem verächtlichen Blick richtete Marcel sein Wort an Jupp; „Herr Opladen, ich würde ganz gerne mal Ihre Fahrzeugpapiere sehen! Dürfte ich Sie also bitten, mir diese auszuhändigen?"

„Wat soll dat denn jetzt, Koslowski? Sie kennen doch meine Karre. Haben Sie schlecht geträumt oder wat?"

„Erstens mal bin ich für Sie, ‚Herr' Opladen, immer noch ‚Herr' Koslowski. Ihre Gossensprache können Sie sich für Ihre Zuhälterkollegen aufsparen. Zweitens möchte ich Sie jetzt eindringlich bitten, mir Ihre Fahrzeugpapiere zu überreichen. Oder für weniger gebildete Leute wie Sie: Schein rüber und das ziemlich flott, kapiert?!"

Ich musste ein Lachen unterdrücken. Marcel hatte sich

wieder mal selbst übertroffen. „Ist ja schon gut, ‚Herr' Koslowski!"

Jupp ging, von Marcel begleitet, zu seinem Wagen und entnahm diesem ein imitiertes Krokodilleder-Portemonnaie. Marcel sah sich den überreichten Fahrzeugschein genauestens an. „Herr Opladen, Sie wissen, dass die Haupt- und Abgasuntersuchung für Ihr Fahrzeug seit zwei Monaten überfällig ist?"

Doch Jupp guckte ihn nur mit großen Augen an. „Nä, keine Ahnung. Es dat denn schlimm?" Aber anstatt Jupp darauf zu antworten, deutete Marcel mit dem Kopf Richtung Kofferraum. „Dann möchte ich jetzt noch gerne Ihr Warndreieck und den Verbandkasten sehen!"

Jupp verdrehte entnervt die Augen und öffnete den Kofferraumdeckel. Marcel inspizierte alles genau. „Dachte ich's mir doch: Warndreieck fehlt und das Haltbarkeitsdatum des Verbandkastens ist seit zwei Jahren abgelaufen. Herr Opladen, ich werde Ihnen jetzt eine Mängelkarte ausstellen. Sollten Sie innerhalb einer Woche bei uns auf der Hauptwache in Kalk nicht vorstellig werden und nachweisen, dass die festgestellten Mängel beseitigt wurden, werden wir Ihr ‚edles' Gefährt stilllegen, klar?"

„D-das dürfen Sie doch gar nicht! Pitter, Jung, sag doch auch mal was!"

„Da kann ich gar nix machen, Jupp! Du hast meinen Kollegen gehört: Nächste Woche bei uns auf der Wache oder Karre weg! Und jetzt sieh zu, dat du Land gewinnst! Ich hab für heute genug von dir, klar?"

Jupp schien der Kamm zu schwellen. Als er sich in sein

Auto setzte und die Tür ohrenbetäubend laut zuknallte, konnte ich ein geflüstertes „Scheißbullen!“ vernehmen. Mit quietschenden Reifen verließ er das Tankstellengelände und fuhr ins Morgengrauen.

Ich wandte mich Caroline zu, die immer noch bei uns stand: „Sie haben ja nette Bekannte, Frau...“

„Sagen Sie einfach Caroline zu mir!“

„Okay, Caroline. Das mit dem geliehenen Geld war doch gelogen, oder?“

„Fragen Sie mich bitte nicht!“

Ich nickte nur. „Ich verstehe. Passen Sie bitte gut auf sich auf!“

Ihre großen grünen Augen blickten mich vielsagend an. Ich hätte ihren Schmollmund auf der Stelle küssen können. Verstohlen blickte ich auf ihre üppigen Brüste. Wenn ich es mir hätte aussuchen können, wär ich unverzüglich mit ihr ins Bett gestiegen. Ihr Blick verriet mir, dass es ihr ähnlich ging. Aber die Pflicht rief. „Sollen wir Sie irgendwo absetzen?“

„Sehr nett, aber ich nehme mir ein Taxi! Und nochmals vielen Dank für Ihre Hilfe eben!“

„Dafür sind wir doch da!“

„Trotzdem möchte ich mich gerne revanchieren. Würden Sie mir Ihre Telefonnummer geben?“

„Sehr gerne!“ Ich holte mein Notizbuch aus der Hemdentasche, kritzelte meine Nummer auf ein Blatt und riss es ab.

Beim Überreichen berührten sich unsere Hände. Caroline streichelte fast unmerklich meine Hand. Sie kam mit ihrem Mund ganz nah an mein Ohr und hauchte mir ein „Ich ruf dich nachher an, Süßer!“ entgegen.

„Ich verlass mich drauf!“, war alles, was ich mit schlotternden Knien entgegnen konnte. Um nicht Gefahr zu laufen, sie an Ort und Stelle zu vernaschen, wandte ich mich abrupt ab und lief schnellen Schrittes Richtung Mondeo, in dem Marcel bereits auf der Beifahrerseite Platz genommen hatte.

Ich startete den Motor und blickte Marcel an. Er schaute fast fassungslos in meine Richtung, als hätte ich soeben jemanden umgebracht. „Was ist los, Marcel?“

„Das fragst DU MICH?! Ich glaub's ja nicht. Du hast gerade mit 'ner Professionellen rumgeturtelt und fragst mich, was los ist! Unglaublich! Wie kannst du so was nur machen! Du bist immerhin Polizist und trägst 'ne Uniform! Da kann man sich doch nicht mit 'ner Nutte einlassen!“

Ich konnte ihn in den darauffolgenden Minuten kaum beruhigen, er regte sich tierisch über mein „Fehlverhalten“ auf. Manchmal konnte ich ihm nicht folgen. Ich fand überhaupt nichts Verwerfliches daran, einer Nutte näherzukommen. Solche Differenzen hatten Marcel und ich schon des Öfteren. Ich sah oft vieles etwas zu locker und er zu eng. Aber gerade das machte unsere Freundschaft aus. Gegen Viertel nach fünf hatten sich die Gemüter wieder beruhigt.

Es knackte im Funkgerät, wir konnten vernehmen, wie Arnold 18/32 noch einen Auftrag bekam. Ein besorgter Bürger hatte sich bei der Leitstelle gemeldet und von einem verdächtigen Abschleppwagen auf einem Waldparkplatz am Höhenberger Ring berichtet. Jean-Claude und Michi wurden vom Funkbeamten der Leitstelle im Präsidium angewiesen, nach dem Rechten zu schauen. Marcel und ich schauten uns ein wenig schadenfroh an und lachten. Jetzt kam dieser Idiot Jean-Claude kurz vor Schichtende doch noch zum Arbeiten...

Hätten wir gewusst, was uns an diesem Morgen noch bevorstand, hätten wir garantiert nicht gelacht...

3. Kapitel: Status „0“

Lustheider Str., 51103 Köln-Vingst,
Donnerstag, 7. Juli 1994, 05:36 Uhr

Wir drehten müde und lustlos unsere Runde durch Vingst, wollten uns gerade auf den Weg zur Hauptwache machen. Die Häuser waren hell erleuchtet, die ersten Leute machten sich auf den Weg zur Arbeit. Ich freute mich auf ein, zwei Kölsch mit meinem Freund Marcel und auf mein warmes Bett.

Das ohrenbetäubende Piepen im Funkgerät riss uns aus der Lethargie.

Dieses monotone Geräusch verhieß nichts Gutes. Eine Streifenwagenbesatzung musste die Taste *0* des Statusgebers gedrückt haben. Sie verursachte das nervige Geräusch. Der Status „0“ gebot allen anderen Teilnehmern des Polizeifunkverkehrs, den Kanal für den Auslöser dieses Status freizuhalten.

Es war der Notruf.

Reflexartig bremste ich unser Auto ab, bis es ruckartig zum Stillstand kam. Der Auslöser des Status „0“ schien äußerst aufgeregt, überschlug sich beim Reden fast selbst: „Standort Höhenberger Ring, Parkplatz Nähe Abfahrt A 4!“ Es war die Stimme von Jean-Claude Buir:

„Erbitte dringend Unterstützung! Schusswechsel! Kollege im Brustbereich getroffen! Nicht ansprechbar! Ich wiederhole: Kollege getroffen! Nicht ansprechbar! Macht schnell und ruft einen Notarzt! Oh Scheiße! Kommen! Los, kommen!"

Entsetzt sahen sich Marcel und ich an: Den armen Michi Schmitz hatte es erwischt! So etwas hatte ich bisher nur aus Berichten gehört, unsere Inspektion war bislang von diesem Albtraum verschont geblieben.

Zeitgleich griffen Marcel und ich nach dem Mikro, ich war jedoch etwas schneller. „Hier 18/31! Sind in der Nähe! Werden in zwei Minuten eintreffen! Halt durch, Junge!"

„Verstanden!", antwortete Jean-Claude mit zittriger Stimme.

Wir preschten mit eingeschaltetem Blaulicht und Martinshorn auf die Frankfurter Straße. Das Heck des Mondeo brach aus, als wir von dort auf den Höhenberger Ring abbogen. Aus der Ferne konnten wir das flackernde Blaulicht von Arnold 18/32 ausmachen. Etwa hundert Meter vom Tatort bremste ich den Wagen ab, wir öffneten die Wagentüren und zogen blitzschnell unsere P6. Wir wussten schließlich nicht, ob der oder die Täter am Tatort noch aufhältig war beziehungsweise waren.

18/32 stand auf einem aus mehreren Parkbuchten am Fahrbahnrand bestehenden kleinen Waldparkplatz, neben einem als Werbeträger umfunktionierten Anhänger. Ich konnte Jean-Claude entdecken, der neben einem leblosen Körper hockte, welcher vor der Fahrzeugfront lag und von den eingeschalteten Scheinwerfern beleuchtet wurde. Weitere Personen waren nicht auszumachen. Mir wurde schlecht, ich merkte, wie ich zitterte.

Entsetzt blickten sich Marcel und ich an. Gekrümmt lag der junge Michi Schmitz am Boden, sein bambusfarbenes Diensthemd war in Brusthöhe blutgetränkt. Jean-Claude versuchte, den jungen Beamten mittels Herzdruckmassage zu reanimieren. Marcel und ich liefen Jean-Claude entgegen, der jetzt begann, auf Michi einzureden und ihn durchzuschütteln. „Junge, komm zu dir! Hörst du nicht, verdammt! Los, Mann! Oh Scheiße! Bitte stirb nicht!"

Jean-Claude hatte uns noch gar nicht bemerkt. Tränen liefen ihm die Wangen runter. Nun versuchte er es mit Mund-zu-Mund-Beatmung. Ich werde diesen Anblick mein Leben lang nicht vergessen. Obwohl wir etwas hätten tun müssen, hielten Marcel und ich inne. Wie gelähmt schauten wir auf den reglosen Kollegen und seinen Streifenpartner, der verzweifelt versuchte, seinen Kumpel wieder ins Leben zurückzurufen. Marcel war es schließlich, der sich neben Michi kniete und den Puls am Hals fühlte. Mit schreckgeweiteten Augen sah er mich an und schüttelte den Kopf.

In diesem Moment konnte man die lauten Sirenen eines Notarztwagens und eines RTW ausmachen. Mit quietschenden Reifen hielten beide Fahrzeuge neben uns an. Der Notarzt und zwei Sanitäter stießen uns rüde beiseite, beugten sich über Michi. Ich klopfte Jean-Claude auf die Schulter und half ihm, aufzustehen. „Komm, Mann, lass es. Du kannst Michi nicht mehr helfen. So 'ne verdammte Scheiße! Was ist denn passiert?", fragte ich, während der Notarzt und die beiden Sanitäter nun nach Leibeskräften versuchten, Michi wiederzubeleben. Aber auch ihr Bemühen war offenbar nicht von Erfolg gekrönt.

Jean-Claude hockte sich auf den Boden, an den Kühlergrill von 18/32 gelehnt. Er vergrub sein Gesicht in den Händen, schüttelte unentwegt den Kopf. Schluchzend begann er mit seinem Tatbericht: „Ihr habt doch bestimmt auch den Funkspruch eben gehört?"

Betroffen blickte ich in Marcels Richtung. Wir konnten uns beide an den etwa fünfzehn Minuten zurückliegenden Funkspruch erinnern, über den wir uns aus Schadenfreude noch lustig gemacht hatten. Nun war uns alles andere als zum Lachen zumute.

Jean-Claude fuhr nach einer kleinen Pause mit seinen Schilderungen fort. Seine Stimme zitterte. „Da war so 'n Anrufer, dem der Wagen hier auf dem Parkplatz verdächtig vorkam und – und wir sollten mal nachsehen und – und als wir hier ankamen, stand die Karre tatsächlich noch hier – und ich – oh Mann, Scheiße – ich... So 'n alter Mercedes-Abschleppwagen war das, weißt du, ganz einsam und verlassen auf dem Parkplatz – und – und ich hab gesagt: ‚Michi, guck mal nach, ob die Karre abgeschlossen ist. Sieht aus, als wär keiner drin.' ‚Klar doch', hat der Michi noch geantwortet. Der Junge war total motiviert. Ohne lange zu überlegen ist er dann ausgestiegen und wollte sich die Kiste ansehen. Ich wollte gerade 'ne Halteranfrage durchgeben und – hey, Mann, das sah echt aus, als hätte irgend so 'n Heini da einfach nur seine Karre abgestellt, verstehst du? Das – das war wirklich vollkommen unverdächtig. Und dann öffnet sich aus heiterem Himmel die Fahrertür von dem Laster, ein Typ springt raus und feuert einfach so

– verstehst du – einfach so auf Michi. Oh Mann, hätte ich doch bloß den Michi nicht allein rausgeschickt! ICH hab den armen Kerl rausgeschickt, ich verdammtes Arschloch! Der arme Junge! War so ein netter Kerl! Und noch so jung! Und ich Idiot lass ihn allein den Wagen kontrollieren!!! Es ist alles meine Schuld!“, sagte Jean-Claude und vergrub das Gesicht in seinen Händen.

„Beruhig dich, Jean-Claude! Du hast keine Schuld an seinem Tod! Konntest du doch beim besten Willen nicht wissen! Wahrscheinlich hätte ich an deiner Stelle auch nicht anders gehandelt. Was du so erzählst, hat da nix auf 'ne besondere Gefährdung hingedeutet.“

Jean-Claude starrte apathisch auf den Boden.

„Was ist denn dann passiert?“, fragte ich weiter. Nur langsam schaffte es Jean-Claude, sich zumindest ansatzweise zu beruhigen. „Ich saß ja noch im Auto, konnte da in Dekkung gehen, der Scheißkerl hat auch zwei- oder dreimal auf mich und die Karre gefeuert.“ Ich sah das zerborstene Glas der Windschutzscheibe von 18/32 und den „Platten“ vorne links.

„Der Kerl ist wieder in seinen Abschlepper gestiegen und abgehauen. Ich hab ihm zwar noch hinterher geschossen, aber nur seinen Rückspiegel getroffen. Weg war er. Wenn ich dieses miese Schwein erwische! Ich bring ihn eigenhändig um!“

„Ganz ruhig, Mann! Wir kriegen den schon, das versprech‘ ich dir! Und dann wird er seine Strafe bekommen. Hast du dir das Kennzeichen gemerkt?“

„Das werd ich mein Leben lang nicht vergessen! Köln

– Trennung – Kaufmann – Heinrich – acht – acht – zwo. Der Typ ist Richtung Buchheim abgehauen.“

Hartmut und Franky, die gerade mit unserem alten VW-Bulli herangebraust waren, stürmten auf uns zu. Wenig später trafen zwei Zivilfahrzeuge der K-Wache ein. Hartmut half Jean-Claude, aufzustehen und umarmte den Kollegen, der völlig mit den Nerven fertig war: „Komm, Jung, setz dich erst mal ins Auto.“ Hartmut und Franky stützten Jean-Claude, verfrachteten ihn auf die Rückbank des Bullis und schlugen ihm eine Wolldecke um die Schultern. Sein Schock schien tief zu sitzen, teilnahmslos starrte er auf den Fußboden. Hartmut, Franky, Marcel und ich standen beisammen, keiner sagte einen Ton. Die Einzigen, die arbeiteten, waren die Rettungssanitäter mitsamt Notarzt sowie die Kollegen, die den Parkplatz mit Trassierband abgesperrt hatten. Der Notarzt kam auf uns vier zu und wischte sich den Schweiß von der Stirn. „Tut mir leid, ich konnte für Ihren Kollegen nichts mehr tun.“ „Danke Herr Doktor, aber das haben wir schon befürchtet.“ Marcels Stimme klang völlig leer, wie von einer Bandaufnahme. Alles um mich herum erschien unwirklich. Die Anwesenden bewegten sich vor meinem geistigen Auge wie in Zeitlupe, ich kam mir wie in einem billigen Film vor. So mies wie an jenem Morgen hatte ich mich noch nie gefühlt. Trotz meiner lähmenden Reglosigkeit fand ich irgendwie die Kraft, die Gruppe aus ihrer stummen Trauer zu reißen.

„Wir haben die Nummer von der Kiste. Ich schlage vor, dass Marcel und ich uns auf die Suche machen. Ihr könnt ja meinetwegen die Jungs von der Kripo informieren und 'ne Fahndung nach der Karre veranlassen. Aber die Sau gehört mir! Was meinst du dazu, Marcel?" „Ich bin dabei! Wenn ich jetzt tatenlos rumstehe, drehe ich durch! Ich will den Drecksack auch kriegen!"

Hartmut hob besänftigend die Hände. „Jungs, lasst die Scheiße! Das ist Sache der Kripo! Dafür sind wir nicht zuständig! Und in eurem Zustand möchte ich nicht, dass ihr auf die Suche nach einem Gewalttäter geht! Bitte, tut es nicht! Außerdem wird die Leitstelle eine Ringalarmfahndung rausgeben, für die ihr bestimmt gebraucht werdet! Also seid vernünftig! Ich weiß ja, dass ihr es nur gut meint!"

Ausnahmsweise – vielleicht zum ersten Mal überhaupt – schien sich Marcel gegen einen seiner Vorgesetzten aufzulehnen: „Hartmut, Pitter und ich werden fahren! Du hast diese Szene eben nicht miterlebt. Michi ist ja fast noch vor unseren Augen gestorben. Das kann man nicht so einfach wegstecken! Aber noch weniger könnte ich es verkraften, die Suche nach diesem Schwein anderen zu überlassen und wieder zur Tagesordnung überzugehen oder im Rahmen der Ringalarmfahndung nur irgendwelche Kennzeichen zu notieren! Mich wird keiner an der Suche hindern! Egal, was passiert!"

Hartmut und Franky blickten sich verzweifelt an, Hartmut zuckte mit den Schultern. Er wusste nun, dass er uns nicht aufhalten konnte. Trotzdem versuchte er, unseren – aus heutiger Sicht sicherlich unverantwortlichen – Alleingang zu verhindern. „Jungs, es ist eine dienstliche Anweisung, dass ihr das unterlasst! Wenn ihr euch jetzt eigenmächtig auf die Suche nach dem Täter macht, werdet ihr euch dafür verantworten müssen!"

Aber ich zuckte nur mit den Schultern und teilte Hartmut noch eben das Kennzeichen mit, bevor wir in unseren Streifenwagen einstiegen. Noch einmal blickte ich in Jean-Claudes Richtung. Ein Kripobeamter versuchte, mit ihm zu reden. Aber POM Buir schien ihn gar nicht wahrzunehmen. Zum ersten Mal, seit ich ihn kannte, fand ich ihn nicht unsympathisch. Er tat mir einfach nur leid, wirkte wie ein kraft- und hilfloser Mann. Kreidebleich und nass geschwitzt schüttelte er unentwegt den Kopf, als könne er immer noch nicht begreifen, was da eben passiert war. Seine Reaktion konnte ich jedoch nur allzu gut nachvollziehen. Wenn Marcel so etwas auf einer unserer Streifenfahrten zugestoßen wäre, wäre ich - glaube ich - durchgedreht.

Im Funkgerät konnte ich hören, wie sich die Leitstelle bei der Verteilung von Aufgaben an die Streifenwagenbesatzungen fast überschlug. Auch 18/31, also Marcel und mir, wurde im Rahmen der sofort eingeleiteten Ringalarmfahndung in einem Radius von zehn Kilometern um den Tatort ein Punkt zugewiesen, an dem wir auf verdächtige Fahrzeuge achten und deren Kennzeichen notieren beziehungsweise an die Leitstelle durchgeben sollten. Marcel und ich schauten uns nur an. Schließlich verstanden wir uns nach all den Jahren unserer Freundschaft blind. Der Anweisung der Leitstelle zu folgen, erschien uns in dieser Situation zu banal. An irgendeinem Punkt auf verdächtige Fahrzeuge zu warten – das kam nun wirklich nicht in Frage. Auch wenn wir uns dadurch ein Disziplinarverfahren einhandeln sollten.

Entschlossen nahm Marcel das Mikro des Funkgerätes in die Hand. „18/01 von 18/31!"

„Hier 18/01!" In dieser schweren Stunde klang Daniels Stimme alles andere als heiter und beschwingt.

„Halteranfrage: Abschleppwagen Marke Mercedes, Köln – Trennung – Kaufmann - Heinrich – acht – acht – zwo!"

„Ja, verstanden! Wartet, Jungs!" Nach einer kurzen Zeit knackte es erneut im Funkgerät. „18/31! Fahrzeug ist auf die Kfz-Werkstatt Broicher zugelassen. Adresse: Bergisch Gladbacher Straße 509, 51067 Köln-Holweide. Habt ihr eben eigentlich nicht mitgekriegt, dass ihr euch an der Rösrather postieren sollt? Was macht ihr?"

„Nix für ungut, Daniel, aber halt dich da lieber raus!" Ohne Daniels Antwort abzuwarten, legte Marcel das Mikro beiseite. Vielleicht war der Mörder ja zu der Halteradresse des Wagens zurückgekehrt. So entschieden wir uns, der Werkstatt einen Besuch abzustatten. Zugegeben: Wir handelten verantwortungslos und leichtsinnig. Schließlich kannte der Polizeiapparat für solche Fälle funktionierende Alarmpläne und Anweisungen. Aber wir setzten uns wie von Sinnen über alles hinweg. Ich startete den Motor, wir fuhren mit quietschenden Reifen los. Die am Tatort anwesenden Kollegen schauten uns fragend hinterher.

***

Wir fuhren mit deutlich erhöhter Geschwindigkeit über den Höhenberger und den Buchheimer Ring, bis wir schließlich am Herler Ring rechts auf die Bergisch Gladbacher Straße abbogen. Nach einigen Minuten Fahrzeit erreichten wir letztendlich den Kfz-Fachbetrieb Broicher, der auf der anderen Straßenseite lag.

Ich spürte, wie sich mein Pulsschlag beschleunigte. Marcel schien es nicht anders zu gehen. Schweißperlen bildeten sich auf seiner Stirn. Wir wussten schließlich nicht, was uns erwartete. Und so einem kaltblütigen Mörder war alles zuzutrauen. Deshalb wäre es eigentlich sogar eine Aufgabe für das SEK gewesen.

Das Werkstattgebäude lag ein wenig von der tagsüber vielbefahrenen Hauptverkehrsstraße zurückversetzt. Neben der winzigen Werkstatthalle befand sich ein kleines „Hexenhäuschen", offensichtlich das Büro, mit einem sehr niedrigen Obergeschoss. Das Zimmer im Erdgeschoss war hell erleuchtet. Über der Werkstatthalle prangte ein schäbiges Schild Marke Eigenbau:

Kfz-Meisterbetrieb Klaus Broicher – Autoreparaturen jeder Art – Abschleppdienst – TÜV-Abnahmen

Sehr vertrauenerweckend sah der Laden jedenfalls nicht aus. Durch das seltsamerweise sperrangelweit offene Werkstatttor konnte man einen Raum erkennen, der eher einem Altöllager oder Schrottplatz als einem seriösen Handwerksbetrieb entsprach. Meinen Monza hätte ich diesem Laden nicht anvertraut. In der von flackerndem Neonlicht beleuchteten Halle konnte ich verrostete Ölfässer, mehrere kleine Öllachen, wild herumliegendes Werkzeug und alte ölverschmierte Putzlappen ausmachen. Mein Blick fiel jetzt unweigerlich auf den klapprigen gelben Mercedes-Abschlepper, der noch aus den Siebzigern stammt. Als ich das Kennzeichen sah, schubste ich Marcel an: *K-KH 882.*

Der Mörder war also tatsächlich zur Werkstatt zurückgekehrt, obwohl das nicht gerade für seine Intelligenz sprach. Hastig überquerten wir die noch menschenleere Straße und gingen zu dem alten Abschleppwagen. Das Glas des linken Außenspiegels war zersprungen.

Vorsichtig, mit einer Hand an der Dienstwaffe, liefen Marcel und ich um den Wagen herum. Niemand war zu sehen. Ich fasste die Motorhaube an. Sie war heiß. Stumm nickte ich mit dem Kopf in Richtung Werkstatthalle, von der aus man das kleine Häuschen betreten konnte. Ich spürte instinktiv, dass Marcel und ich nicht allein waren... Unsere Nerven waren zum Zerreißen gespannt, das Herz trommelte wie wild in meiner Brust. Spätestens zu diesem Zeitpunkt hätten wir innehalten und die Leitstelle informieren müssen. Aber damals handelten wir schlichtweg wie von Sinnen.

Nachdem wir die Werkstatthalle betreten hatten, gab Marcel mir Deckung, während ich nach einem Anlauf die Metalltüre zum Büro unter einem berstenden Geräusch eintrat. Blitzschnell stürmten Marcel und ich mit gezogener Waffe in das kleine Zimmer, das den schmuddeligen Gesamteindruck des Betriebes abrundete. Eine kleine Spüle mit allerhand dreckigem Geschirr und einer alten

Kaffeemaschine, vergilbte Tapeten und unzählige, ebenfalls vergilbte Gesellen- und Meisterbriefe schmückten das ansonsten schmucklose Verwaltungszimmer. Ein Bild, das einen dicken Mann im Meisterkittel mit einem jungen Mann, offensichtlich seinem Gesellen, vor der Werkstatt zeigte, hing schief an der Wand. Darauf stand mit schwarzem Filzstift geschrieben: *Klaus Broicher & Heiko Thomczyk – die besten Autoschrauber der Welt.* Dazu ein primitiv zusammengezimmerter Holzschreibtisch mit Telefon und Leselampe, ein alter Aktenschrank mit verstaubten Ordnern und eine Glühbirne als Lampenersatz und Hauptlichtquelle. Uns stach ein bekannter metallisch-saurer Geruch in die Nase...

Über den Schreibtisch gebeugt saß ein schmerbäuchiger, ungepflegter Mann in den Vierzigern mit fettigen Haaren und einer ganzen Division Schuppen auf den Schultern seines ölverschmierten Meisterkittels. Es war der Meister von dem Bild an der Wand. Der Mann hatte keine Notiz von uns beiden genommen. Das konnte er auch nicht, da über seiner rechten Schläfe ein blutiges Loch klaffte. Seine ausgestreckte rechte Hand umklammerte einen Revolver.

Marcel und ich schauten uns fassungslos an. Was sollten wir heute denn noch alles miterleben müssen? Es war einfach zu viel für einen Tag. Marcel lehnte sich an den alten Aktenschrank und vergrub die Hände im Gesicht. Er schien einem Nervenzusammenbruch nahe zu sein. Entschlossen klopfte ich ihm auf die Schulter, zog meine Handschuhe an und begab mich zu dem toten Kfz-Meister.

Sein Kiefer hatte ein ebenfalls blutrot eingefasstes Blatt

Papier unter sich begraben. Obwohl es allen Regeln der Polizeiarbeit widersprach, veränderte ich den Tatort, indem ich den schweren Körper des Mannes anhob, um die kritzelig verfassten Notizen auf dem Blatt lesen zu können. Ich konnte kaum glauben, was ich dort las:

Köln, den 7.7.94

Ich, Klaus Broicher, gestehe, vor wenigen Minuten einen Polizisten erschossen zu haben! Es war eine Kurzschlusshandlung! Ich wollte mich auf dem Parkplatz mit einem Autoschieber treffen, mit dem ich kriminelle Geschäfte mache! Mit dieser Schuld kann ich nicht leben! Ich habe das alles nicht gewollt! Deshalb mache ich Schluss!

Klaus Broicher

Marcel, der sich langsam wieder beruhigt hatte, kam zu mir an den Schreibtisch. Wortlos deutete ich auf das Schreiben, dessen Schrift man kaum entziffern konnte. Broicher hatte es offensichtlich unter enormem emotionalem Druck verfasst. Marcel schüttelte den Kopf. „Dieser Idiot! Der hat unseren Kollegen auf dem Gewissen!"

„Du hast wohl recht. Komm, lass uns die Zentrale benachrichtigen!" Ich schaute auf die Uhr: 6:23. Wir unterrichteten per Funk die Leitstelle, sperrten den Tatort mittels Trassierband ab und warteten auf die Kollegen der Polizeiinspektion 9, die für diesen Stadtteil zuständig war.

Nach etwa zehn Minuten waren ein junger Schnösel und ein fetter älterer Polizeihauptmeister besagter Inspektion eingetroffen. Wir nahmen die Kollegen vor dem Gebäude in Empfang. Grimmig blickte mich der alte Hauptmeister an. „Ihr habt den Toten gefunden?"

Ich nahm meine Zigarette aus dem Mund und brachte nur ein genuscheltes „Jau!" hervor.

„Schlimme Sache, was?" Mit einem breiten Lächeln auf den Lippen glaubte der junge Polizeimeister, sich zu Wort melden zu müssen. Die beiden Typen nervten mich. Ich wollte nur noch weg. „Ihr könnt ja jetzt übernehmen, oder? Die Jungs von der Kripo werden jeden Moment eintreffen! Bis dann! Uns beiden reicht's für heute! Tschüss!"

Marcel und ich hatten uns schon umgedreht und waren auf dem Weg zu unserem Auto, als der ältere Kollege abermals seine Stimme erhob: „Moment mal, Kollegen! Ihr könnt doch jetzt nicht so einfach abhauen! Schon mal was von ‚zeugenschaftlicher Vernehmung' gehört? Wartet gefälligst, bis die Kripo hier ist!"

Langsam stieg pure Wut in mir auf. Was bildete sich dieser Lackaffe überhaupt ein? Sein junger Begleiter glaubte, noch eins draufsetzen zu müssen: „Und von ‚Zuständigkeitsbereich' und ‚Ringalarmfahndung' scheinen die beiden Kollegen wohl auch noch nichts gehört zu haben, was? Euer Alleingang ist in aller Munde! Ihr könnt euch verdammt warm anziehen!"

Jetzt reichte es. Ich machte auf dem Absatz kehrt und ging auf den jungen Beamten zu, der nicht wusste, wie ihm geschah. Energisch packte ich ihn am Hemdkragen.

„Weißt du eigentlich, was es bedeutet, einen Kollegen zu verlieren, du Arschloch? Ich hätte dich mal gerne gesehen, wenn du deinen Kollegen blutüberströmt gefunden hättest! Da wären dir auch alle möglichen Vorschriften egal, du willst das Schwein einfach nur finden! Auch wenn das nicht in deinem Zuständigkeitsbereich läge und du dich nicht an dieser beschissenen Ringalarmfahndung beteiligen würdest! Du solltest dich was schämen, kleiner Pisser!"
„'Tschuldigung, Kollege, war ja nicht so gemeint! Schließlich ist uns die Sache auch nah gegangen! Ich kann euch ja verstehen! Geht schon, wir machen den Rest, oder Franz?" Hilfesuchend blickte der eingeschüchterte Kollege zu seinem älteren Streifenführer, der sich während des Konflikts genau wie Marcel rein passiv verhalten hatte.

„Jaja, wir machen das schon! Seht zu, dass ihr heimkommt! Ihr werdet für diese Sache hier eh noch genug Ärger kriegen. Ruht euch erst mal aus!"

***

Nach diesem Zwischenfall machten wir uns auf den Weg zu unserer Dienststelle. Marcel und ich wechselten dabei kein Wort miteinander. Der Schock über die Ereignisse der letzten Stunde steckte uns beiden noch in den Knochen. Ich spürte, wie ich am ganzen Körper zitterte. Kalter Schweiß lief mir über die Stirn. Mit zu festem Griff umklammerte ich das Lenkrad. Den Straßenverkehr um mich herum nahm ich gar nicht mehr wahr.

Gegen zwanzig vor sieben kamen wir endlich an der

Hauptwache an. Da wartete die nächste Zerreißprobe bereits auf uns: Der Tod unseres Kollegen schien sich schon bei der örtlichen Presse herumgesprochen zu haben. Wie die Aasgeier stürmte eine aufgescheuchte Horde von Reportern mit ihren schweren Fotoapparaten unter einem nicht enden wollenden Blitzlichtgewitter auf Marcel und mich zu. Fragen wie „Was können Sie zu Ihrem toten Kollegen sagen?" oder „Wissen Sie nähere Einzelheiten?" drangen an unsere Ohren, prallten dort aber auch wie an einer unsichtbaren, schalldichten Mauer ab. Ich fühlte mich wie in einen Traum versetzt, schien ganz weit weg zu sein.

In der Wache herrschte Totenstille. Die Kollegen der Frühschicht, die zum Dienstbeginn um sieben bereits eingetroffen waren, hatten eben von Michis Tod erfahren und waren ebenso geschockt wie wir. Man grüßte sich an diesem Morgen nicht, nickte höchstens mit dem Kopf oder klopfte sich aufbauend auf die Schultern. Sonja, die zusammen mit Lothar im Aufenthaltsraum saß, liefen Tränen über die Wangen. Ihre Wimperntusche war verwischt. Lothar hatte sich eine Flasche Kölsch genommen und die Hände im Gesicht vergraben. Beide hatten Michi schließlich auch sehr gerne gemocht. Ich ließ mich auf einen der alten Holzstühle nieder. Marcel hatte mich nicht begleitet, er war in den Wachraum gegangen, wo sich auch Hartmut, Polizeioberrat Müllenbach, der aufgeregt mit den Armen herumfuchtelte, Franky und einige Kripobeamte aufhielten. Marcel wollte unbedingt noch unsere Streifenbefehle durchsehen und korrigieren. Er war teilweise bis zur Unverständlichkeit pflichtbewusst. So setzte er sich hinter einen der alten Schreibtische und machte sich ans Werk. Ich selbst weiß nur, dass ich eine ganze Weile regungslos auf dem Stuhl saß.

Irgendwann kam Hartmut zu mir und reichte mir eine Flasche Kölsch. Mit einem heftigen Plumps ließ er sich neben mir auf der Couch nieder und legte den Arm um meine Schulter. „Scheißtag heute, was, Jung? Sieh zu, dass du nach Hause kommst. Du hast doch eh bis Samstag Freischicht. Aber ich glaub, den Tag solltest du dir auch noch freinehmen. Wir sehen uns Sonntag zur Frühschicht, in Ordnung?"

Ich nahm einen kräftigen Schluck aus der Flasche und nickte.

„Danke, Hartmut, das wird wohl das Beste sein. Ich glaub, ich trink mir heute noch einen an und ruh mich aus. Morgen wird's mir dann vielleicht sogar wieder ein bisschen besser gehen. Wie geht's denn überhaupt Jean-Claude? Der arme Kerl tut mir tierisch leid. Für Marcel und mich war das ja schon ein Schock, aber wie muss der sich jetzt fühlen?"

Hartmut nickte zustimmend. „Du hast recht, Jung. Schreckliche Sache. Ich glaube, dass wohl alle hier Jean-Claude für einen arroganten Schnösel halten. Aber das – nein, das hat er genauso wenig verdient wie jeder hier. Nicht zu reden von Michis armer Familie. Wie schrecklich muss das erst für die sein? In den fast dreißig Jahren, die ich jetzt Polizist bin, hab ich noch nie so eine Situation erlebt." Er seufzte. „Der alte Müllenbach und so 'n paar Jungs von der Kripo sind da. Um die muss ich mich noch kümmern." .Dann schaute er mich besorgt an: „Das mit eurem Alleingang eben wird noch richtigen Ärger geben, weißt du das? Der Müllenbach hat sich tierisch über euch beide aufgeregt – geschweige denn vom Leiter GS, der hier eben wutentbrannt angerufen hat. Dessen Stab hat ihn wegen der Sache extra aus dem Bett geklingelt. Bei so was versteht die Leitung überhaupt keinen Spaß. Gut, dass ihr beide jetzt erst mal frei habt und aus der Schusslinie seid."

Ich antwortete Hartmut nicht auf diesen Einwand. Es war mir in diesem Moment völlig egal, was die Leitung des Hauses über mich dachte. Wichtig war nur, dass wir Michis Mörder entlarvt hatten. So lenkte ich das Gespräch auf ein anderes Thema: „Wo steckt Marcel überhaupt?"

„Der sitzt immer noch über den Berichten. Ich glaube, das ist seine Art der Schockbewältigung."

„Und Jean-Claude? "

„Der ist nach Hause. Vollkommen fertig. Wenn du den eben noch gesehen hättest, nachdem ihr den Tatort verlassen habt – kreidebleich war der. Der Notarzt hat ihn auch untersucht und wollte ihn wegen seines Schocks sogar ins Krankenhaus mitnehmen. Aber er wollte lieber nach Hause."

Hartmut stand auf und wollte den Aufenthaltsraum verlassen. An der Tür hielt er jedoch inne und drehte sich nochmals zu mir um. „Pitter?"

„Ja?"

„Du und Marcel habt eben gute Arbeit geleistet! Auch wenn ich das offiziell niemals zugeben dürfte: Ich fand es sehr mutig von euch, dass ihr auf eigene Faust nach dem Mörder gesucht habt!"

Hartmut verschwand hinter der Tür. Ich hatte ihn selten so niedergeschlagen erlebt.

Wie in Zeitlupe erhob ich mich und machte mich auf den Weg zum Wachlokal.

Marcel las dort hochkonzentriert unsere Berichte durch. Er nahm weder die Kollegen der Frühschicht geschweige denn mich auch nur ansatzweise wahr. Ich musste ihn mehrmals anstupsen, bis er Notiz von mir nahm.

„Hey, Marcel, alles klar?"

„Es geht schon. Wie hieß noch mal der Zeuge aus der Ostheimer Straße, der uns zu dem Randalierer gerufen hatte?"

Ich konnte absolut nicht nachvollziehen, wie Marcel jetzt an so etwas denken konnte. Aber wie Hartmut schon sagte: Marcel schien auf diese Weise seinen Schock und seine Trauer zu verarbeiten. „Neumann hieß der."

„Danke. Dann haben wir doch den richtigen Namen zu Protokoll genommen."

„Ich wollte jetzt Schluss machen und unseren Freund Alfons aus dem Bett klingeln. Kommst du noch auf ein paar Kölsch mit?"

„Nee, danke! Ich hab jetzt keine Lust zu trinken."

Da ich Marcel seit meiner frühesten Kindheit kannte, wusste ich, dass es nichts brachte, wenn man versuchte, ihn in schwierigen Zeiten aufzumuntern. Er wollte immer mit allem selbst fertig werden.

Resigniert verließ ich das Wachlokal, zog mich in der Umkleide aus und sprang unter die Dusche. Ich genoss die entspannenden Wasserstrahlen. Durch das warme Wasser fühlte ich meine Lebensgeister langsam zurückkommen. Hastig zog ich meine Jeans, das T-Shirt und die Jeansjacke an, wollte so schnell wie möglich diesem Ort der Trauer entkommen. Die Pressemeute stand immer noch vor der Hauptwache. Entschlossen bahnte ich mir den Weg zu meinem Opel, während ich den nervigen Journalisten „Wendet euch gefälligst an die Pressestelle!“ zuschrie.

Ich trat das Gaspedal durch und fuhr mit quietschenden Reifen davon.

***

Ich fuhr zur Ecke Vietorstraße/Vorsterstraße, wo sich im Schatten des riesigen Geländes der Chemischen Fabrik Kalk, die mit ihren Schornsteinen und ihrem Wasserturm das gesamte Panorama des Stadtteils dominierte, eine meiner Stammkneipen, das Kalker Eck, befand. Marcel und ich kehrten hier nach Dienstschluss oft ein. Auch außerhalb der regulären Öffnungszeiten scheute sich Wirt Alfons nicht, exklusiv für uns die Pforten seiner Wirtschaft zu öffnen.

Beim Kalker Eck handelte es sich um eine typisch kölsche Veedelskneipe, die weder schön noch sonderlich gepflegt war. Die Holztheke war vom ständigen Zigarettenqualm rußgeschwärzt, die vergilbte Tapete war mit Karnevalsorden der unterschiedlichsten Gesellschaften übersät. Das, was hier auf der Speisekarte als Imbiss zum Kölsch angeboten wurde, hätte den Michelin-Restauranttestern Tränen der Entrüstung in die Augen getrieben. Verkohlte Koteletts und steinharte Frikadellen sind nun mal nicht jedermanns Sache. Dafür bot der Laden etwas, dass die meisten Gourmettempel vermissen lassen: Eine herzliche Atmosphäre, in der man sich geben kann, wie man ist. Hier stand der Geschäftsmann neben dem Arbeitslosen und der Rentner neben dem Azubi zu den Klängen der Bläck Fööss oder des großen Willi Ostermann an der Theke und trank sein Kölsch. Die Bewohner des Arbeiterstadtteils Kalk trafen sich hier zum Plausch oder auch zum lautstarken Skatspiel. Man hörte hitzige Diskussionen über die aktuelle Tagespolitik oder zu den oftmals zweifelhaften Leistungen des 1. FC Köln. Eben ein Stück Köln, das diese Stadt so lebenswert machte.

Ich stellte den Monza am Straßenrand ab und klopfte ohrenbetäubend gegen die verschlossene Eingangstür der Kneipe. Zunächst regte sich nichts. Das war aber auch kein Wunder, ein Blick auf die Uhr verriet mir, dass es gerade mal 7:46 Uhr war. Da ich jedoch schon öfters um diese Uhrzeit Einlass bei Alfons begehrt hatte, wusste ich, dass er irgendwann die Tür aufschloss, wenn man nur penetrant genug klopfte. Nach etwa fünf Minuten weiteren Hämmerns hörte ich aus dem Innenraum der Wirtschaft dumpfe Schritte und ein gefluchtes „Meine Herren, wat es denn schon wieder?“

Energisch schloss ein kahlköpfiger Mann Ende fünfzig im gestreiften Pyjama und mit klobigen Filzpantoffeln die Tür auf. Der Mann, dessen kugelrunder Bauch nur zur Hälfte von dem drei Nummern zu kleinen Schlafanzug bedeckt wurde und den ein mächtiger Walrossschnauzbart zierte, bekam kaum die Augen auf. Ich schien Alfons aus dem Tiefschlaf geweckt zu haben. Nachdem er mich erkannt hatte, rang er sich mühsam ein Lächeln ab. „Och Pitter, do bes et! Kumm eren, leeve Jung!"

Ich folgte dem immer noch halb schlafwandelnden Wirt in die Gaststube. Ohne Aufforderung ging er hinter die Theke, zapfte mir ein Kölsch und stellte mir dazu einen Klaren auf den Tresen. Er kannte meine Trinkgewohnheiten in- und auswendig. „Un Jung, wie es et?" Ich antwortete erst, nachdem ich mir eine Zigarette angezündet und einen kräftigen Zug inhaliert hatte. „Frag lieber nicht, Alfons. Heute Morgen hat's einen von uns erwischt."

Alfons' Augen waren schreckgeweitet. „WAT???? Es doch nit wohr, oder?! Es hä – es hä dut?" Ich blieb stumm, kippte zunächst den Klaren und dann das Kölsch auf ex in mich rein. Das war wie Balsam für meine aus der Umlaufbahn geratene Seele. Alfons hatte das Ausbleiben meiner Antwort richtig gedeutet und schlug die Hände über dem Kopf zusammen. „Su ne Dress!", stieß er entrüstet hervor.

Fast automatisch griff seine Hand nach dem Zapfhahn, um mein leeres Kölschglas mit Nachschub zu versorgen.

„Weißt du, Marcel und ich haben den Kollegen noch am Boden liegen sehen. Blutüberströmt war der arme Kerl - erschossen von so einem gottverdammten Arschloch." Ich starrte mit leerem Blick die Spinnweben an der Decke über der Theke an, schüttelte wiederholt viel zu heftig den Kopf. Jetzt, da ich mir die Bilder des Tatortes ins Gedächtnis zurückrief, lief es mir erneut eiskalt den Rücken runter. Der reglose Körper, der blutüberströmt auf dem kalten Asphalt lag, dazu Jean-Claude, der auf dem Boden kauernd verzweifelt versuchte, seinen jungen Streifenpartner ins Diesseits zurückzurufen. Tränen schossen in meine übermüdeten Augen, wie ein kleiner Schuljunge begrub ich mein Gesicht hinter den auf der Theke ruhenden Armen und schluchzte. Wortlos kam Alfons um die Theke und nahm mich in den Arm. „Es jo jot, Jung! Es jo jot! Kumm, et es jo vörbei! Drink noch jet!“

Ich weiß heute nicht mehr, wie lange Alfons brauchte, um mich auch nur annähernd zu beruhigen. Mir kam es damals wie eine kleine Ewigkeit vor.

Die nächsten Stunden standen wir uns wortlos an der Theke gegenüber und tranken um die Wette. Irgendwann – ich musste meiner überarbeiteten Leber schon mindestens zwei Dutzend Kölsch und fünfzehn Klare zugeführt haben - wurde mir schwindelig. Wie aus weiter Ferne konnte ich Radiomeldungen, die vom tragischen Tod eines jungen Kölner Polizisten berichteten, vernehmen. Trotz des übermäßigen Alkoholkonsums verschwanden die Bilder des reglosen Michi nicht aus meinem Kopf. In meiner hilflosen Ohnmacht wurde ich immer wütender. Ich schrie Alfons an, verdammte Gott und die Welt. Alfons, der inzwischen auch nur noch torkeln konnte, redete besänftigend auf mich ein. Ich beruhigte mich zwar, fing aber erneut an zu heulen. „Ach, Alfons, ist doch alles für 'n Arsch! Scheißleben! Da knallen sie dir einfach 'nen Kollegen ab, weißt du?! Alles Wichser! Hab keinen Bock mehr! Und das Scheißbier hilft auch nicht! Alles Scheiße! Ich hau ab! Danke für das Kölsch, Mann!"

Alfons brummelte mir etwas hinterher, das ich in nüchternem Zustand sicherlich verstanden hätte. So aber taumelte ich zur Tür, winkte lustlos in Alfons' Richtung, stieß wutentbrannt mit der Schulter den gläsernen Türflügel auf und stolperte auf die Straße. Die Sonne schien mir zur Begrüßung entgegen.

Unter den wüstesten Beschimpfungen für meine fast menschenverlassene Umwelt machte ich mich zu Fuß auf den Heimweg. Die Passanten, die mir vereinzelt entgegenkamen, rempelte ich – begleitet von einem vorwurfsvollen „Ey, kannste nicht aufpassen?" an. Die Wut über die immer wiederkehrenden schrecklichen Bilder kochte in mir. Ich ließ sie an mehreren Straßenlaternen aus, die ich mit kräftigen Tritten versah. Durch eine Gruppe Jugendlicher, die offensichtlich vom Fußballtraining kamen, bahnte ich mir mit extrabreiten Schultern den Weg. „Ey, Alter, pass mal auf, wo du hinläufst!", schallte es mir entgegen. Ein ausgestreckter Mittelfinger war meine lautlose Antwort. Mühsam schloss ich die Haustür auf, schleppte mich mit letzter Mühe und Kraft in meine Wohnung. Ich wankte auf meine Couch zu und ließ mich auf sie fallen.

***

Alle viere von mir gestreckt wachte ich unter heftigsten Kopfschmerzen auf. Im ersten Moment hatte ich Schwierigkeiten, mich zu orientieren. Draußen dämmerte es bereits, der rot gefärbte Himmel spiegelte sich in meinem Zimmer wider. Ein Blick auf die leuchtenden Zeiger meiner Armbanduhr verriet mir, dass es bereits fünf nach neun war. Ich hatte fast acht Stunden tief und fest geschlafen. Die Gedanken an Michis leblosen Körper, die nun zurückkamen, hatten mich in den vergangenen Stunden nicht in den Schlaf verfolgt. Jetzt verfluchte ich mich dafür, wach geworden zu sein. In der äußersten Ecke meines Wohnzimmers blinkte nervös die kleine rote Lampe meines Anrufbeantworters. Mühsam erhob ich mich von der Couch und wankte schlaftrunken Richtung Telefon. *„Sie haben drei neue Anrufe"*, teilte mir der kleine Apparat mit. Der erste Anruf war um 12:30 Uhr.

„Guten Tag Kollege Merzenich, hier spricht Dietmar Vogel vom KK 11. Wir müssen dringend Ihre Zeugenaussage zu Protokoll nehmen. Rufen Sie mich bitte unter der Durchwahl zwo-zwo-neun-acht-eins-eins-neun zurück! Danke!"

Die Heinis von der Kripo konnten mich mal. Was gab's denn da noch groß auszusagen? Marcel und ich hatten den Mörder gefunden, der sich selbst erschossen hatte. Punkt. Ich schüttelte den Kopf und widmete mich den übrigen Anrufen. Der zweite Anruf war von Marcel, er hatte mir um 17:03 Uhr mitgeteilt, dass er ins Bett gehe und keine Lust mehr habe, heute zu telefonieren. Der dritte Anruf war da schon weitaus erfreulicher. Er war von 18:17 Uhr.

„Hallo Pitter, hier ist Caroline. Ich wollte mich mal bei dir melden und fragen, ob du vielleicht heute Abend Zeit und Lust hast, dich mit mir zu treffen. Ruf mich doch mal zurück. Meine Nummer ist:...“

Hastig griff ich nach einem Notizzettel und einem Stift. Vielleicht half mir ja ein Treffen mit ihr, die schrecklichen Bilder des Morgens zu vergessen. Nach dreimaligem Klingeln hob sie ab. Wir telefonierten höchstens zwei bis drei Minuten, dann hatte ich ihr den Weg zu meiner Wohnung beschrieben.

Etwa eine halbe Stunde später stand Caroline vor der Tür. Sie trug ganz normale Klamotten, Jeans und Lederjacke. Ihr Gesicht sah ungeschminkt noch viel besser aus als am Morgen zuvor. Neckisch legte sie ihren Kopf in den Nacken und lächelte mich vieldeutig an. „Na, du, wie geht's dir? Ich hab im Radio gehört, dass es heute Nacht einen Kollegen von dir erwischt hat.“ Ich nickte wortlos.

„Oh Mann, tut mir echt leid. Kanntest du den persönlich?“

„Hm. War ein netter Kerl. Aber komm doch erst mal rein und mach's dir bequem. Was möchtest du trinken?“

Sie hatte ihre Knie vor die Brust gezogen und lächelte. „Also, wenn du ein Bier hättest...“

„Selbstverständlich!“, sagte ich, ging in die Küche und kam mit zwei Flaschen Kölsch zurück.

***

Irgendwie kam es mir vor, als würde ich Caroline schon eine halbe Ewigkeit kennen. Wir plapperten einfach drauf los, redeten über Gott und die Welt.

„Warum machst du eigentlich diesen Job?" fragte ich sie. Caroline wurde leicht verlegen, was sie mir noch sympathischer machte.

„Tja, ist 'ne lange Geschichte..."

„Also, ich hab Zeit", antwortete ich und nahm einen großen Schluck aus meiner Kölschflasche.

„Wenn du's wirklich wissen willst... Aufgewachsen bin ich in der DDR, in Klein Kussewitz, einem kleinen Dorf bei Rostock. Nach der POS..."

„Was ist das denn?"

„Na, die Polytechnische Oberschule. So hieß bei uns die Mittelschule. Ging bis zur zehnten Klasse. Mit sechzehn bin ich dann zu meiner Tante nach Leuna gezogen, hab beim VEB Leuna-Werke Walter Ulbricht 'ne Ausbildung zur Chemielaborantin gemacht und einige Zeit dort in der Qualitativen Analyse gearbeitet. Tja, und dann kam die Wende. Die Treuhand wickelte den VEB ab und verramschte uns an die Franzosen, an Elf Aquitaine. Von einem Tag auf den anderen wurde ein Großteil von uns entlassen. Darunter auch meine Freundin Kathleen und ich."

Caroline nahm sich eine Zigarette, ich gab ihr Feuer.

„Kathleen hatte Verwandte in Bergisch Gladbach, wir sind auf die Idee gekommen, unser Glück im Westen zu versuchen – und wir haben's versucht. Ob Bayer in Dormagen und Leverkusen oder Degussa in Wesseling – für uns beide war einfach kein Platz in der Chemieindustrie.

Tja, und irgendwann haben wir dann diese Zeitungsannonce gelesen, in der junge Frauen für einen Begleitservice gesucht wurden. Alles sei absolut seriös und biete gute Verdienstmöglichkeiten. Was soll ich sagen? Der Inhaber war Jupp, dieser Prolet. Aber er bot uns tatsächlich ein gutes Gehalt an", sagte sie und nahm einen Schluck Bier. „Mensch, waren wir naiv!" Sie schüttelte den Kopf.

„Ich ekle mich vor diesen ganzen sabbernden Schmierlappen, mit denen ich in die Kiste hüpfen muss, nachdem sie mich ins Theater oder zum Essen ausgeführt haben. Dicke Wirtschaftsbosse und Messebesucher, die auf Geschäftsreise sind und sich nach dem Körper und der Gesellschaft einer jungen Frau sehnen. Ich hab mir mein Leben eigentlich anders vorgestellt."

„Warum hörst du dann nicht einfach auf?", fragte ich sie.

„Ach, Pitter, was soll ich denn sonst machen? Ich hab zwar Chemielaborantin gelernt, aber in diesem Beruf krieg ich halt einfach keine Stelle mehr. Und jetzt noch mal was anderes lernen? Was glaubst du, was ich schon alles versucht habe? Und eines darfst du nicht vergessen: Ich verdiene ja nicht schlecht dabei. Immerhin ist es besser, für Jupps Escortservice zu arbeiten, als in einem seiner schmuddeligen Bordelle, in denen man sich von jedem dahergelaufenen Penner durchvögeln lassen muss. Ich komm da jetzt sowieso nicht mehr raus. Der Jupp würde ausflippen, wenn ich gehen wollte! Nein, da treff ich mich doch lieber jede Nacht mit dem Jupp an der ARAL-Tankstelle und geb ihm meine Tageseinnahmen..."

„Pass mal auf: Ich kenn den Jupp aus dem Boxclub. Ich rede mit ihm und dann hörst du da auf..."

„Das würdest du wirklich für mich tun? Da wird der aber nicht so leicht mitspielen, glaub mir."

„Lass das mal meine Sorge sein. Ich kriege das schon hin." Ich lächelte und nahm Caroline, die neben mir auf der Couch saß, in den Arm. Auch wenn ich keine Vorstellung hatte, wie ich das überhaupt anstellen sollte – und was tatsächlich noch auf mich zukam.

Warum bist du denn Polizist geworden?", wollte sie wissen.

„Ach, weißt du, mein Vater war Chemiearbeiter hier in Kalk. Als ich sechs war, ist er dort bei 'nem Unfall gestorben. Der Vater meines besten Freundes hat mich dann quasi mit großgezogen. Und der ist halt auch Polizist. Eigentlich stand schon sehr früh fest, dass mein Freund und ich in seine Fußstapfen treten werden. Und im Großen und Ganzen hab ich das bisher nicht bereut. Macht immer noch Spaß, für die Leute da zu sein und ihnen zu helfen."

„Du bist ein sehr netter Mann, Peter Merzenich", hauchte sie mir ins Ohr und öffnete meine Hose, bevor sie sich auf meinen Schoß setzte. Im Handumdrehen hatte ich ihre Bluse aufgeknöpft und knetete sanft ihre Brüste.

Die quälenden Bilder von Michis leblosem Körper verblassten Minute um Minute, desto heftiger wir uns im Takt der Liebe bewegten. Rückblickend glaube ich, dass diese leidenschaftliche Liebensnacht mit Caroline so etwas wie eine Therapie für mich war. Wir gaben uns in dieser Nacht beide sehr viel Halt, da sie in einer ähnlich verzweifelten Lage wie ich war.

Irgendwann fielen wir uns ermattet in die Arme, schliefen aber mit einem wohligen Gefühl der Geborgenheit sofort ein. Gegen halb zehn wachte ich auf. Während ich mich noch mal umdrehte, war Caroline bereits aufgestanden und hatte Kaffee gekocht. Das hatte bis zu diesem Zeitpunkt noch keine Frau für mich gemacht.

„Guten Morgen, mein Schatz", sagte sie, gab mir einen Kuss und brachte mir eine duftende Tasse Kaffee ans Bett. Seltsamerweise fühlte ich mich an diesem Morgen wie neugeboren.

***

Auch die nächsten anderthalb Tage, an denen Caroline und ich sehr viel Zeit miteinander verbrachten und endlos lange Spaziergänge am Rheinufer unternahmen, waren wie eine Therapie für mich. Die Bilder von Michis leblosem Körper schienen tatsächlich immer mehr zu verblassen – obwohl meine Zeugenvernehmung, für die ich extra in die Löwengasse in der Südstadt angereist war, die schmerzhafte Erinnerung detailgetreu zurückbrachte. Aber mit Caroline an meiner Seite glaubte ich, meiner Trauer und meinem Schmerz entfliehen zu können.

Darüber hinaus wurde mir immer mehr klar, dass ich Caroline helfen wollte, ihrem verhassten, zwielichtigen Job zu entkommen.

So machte ich mich Samstagmittag auf den Weg zum Club 69 an der Dellbrücker Hauptstraße. Es handelte sich dabei um Jupp Opladens Nachtclub, der jedoch noch geschlossen war. Da ich aber aus dem Inneren des Gebäudes laute Musik hörte, klingelte ich Sturm. Schließlich hatte ich eine wichtige Mission zu erfüllen. Die Tür öffnete sich. Jupp stand – nur mit Seidenmorgenrock bekleidet und mit einer dicken Havanna im Mund – im Türrahmen. Wenn es spät wurde, übernachtete er gerne in einem Hinterzimmer auf der Couch. Er blickte mich feindselig an. „Wat willste, Pitter? Ich war noch nit beim TÜV und hab mir auch noch keinen neuen Verbandskasten besorgt, wenn du deshalb hier bist. Lächerliche Sache, die du und dein bekloppter Kumpel da abgezogen habt, echt... Bin ziemlich enttäuscht von dir!"

„Ist mir scheißegal, Alter! Ich bin nur hier, um dir zu sagen, dass Caroline ab sofort nicht mehr für dich arbeitet!"

Vor Schreck fiel Jupp die dicke Zigarre aus dem Mund. „Sag dat noch mal, Mann! Caroline macht WAS?"

„Sie arbeitet ab sofort nicht mehr für dich!"

„Sagt wer?"

„Ich, Jupp", sagte ich und tippte ihm mit dem Zeigefinger auf die pelzige Brust.

„Hast du 'nen Knall, oder wat?!" Jupp war immer noch wie vom Donner gerührt. Er schien nicht recht glauben zu wollen, was ich ihm sagte. Da schlug er sich mit der flachen Hand gegen die Stirn. „Ey, klar, jetzt versteh ich. Deshalb ist die auch seit Donnerstag spurlos verschwunden. Ich hab mich schon gefragt, warum die nicht zur Arbeit kommt! Klar – die hat ’nen neuen Macker! So ’nen kleinen Bullenarsch! Warum bin ich da nicht gleich draufgekommen? Schafft die Olle jetzt für dich an, du Sack?“

Um meiner Aussage Nachdruck zu verleihen und mir gegenüber Jupp Respekt zu verschaffen, packte ich ihn am seidenen Kragen seines Morgenrocks. „Ich sag’s nur einmal, Jupp. Lass Caroline ab sofort in Ruhe oder wir beide kriegen gewaltigen Ärger, klar?“

Ich drehte mich um und ging, auch wenn mir nicht ganz wohl bei dem Gedanken war, mich mit einem Angehörigen des Kölner Rotlichtmilieus anzulegen. Aber da musste ich jetzt durch. Caroline war es wert, sich für ihr Wohlergehen einzusetzen.

„Dat wird dir noch leidtun, dat schwör ich dir!“, schrie mir Jupp wutentbrannt hinterher. Aber das war mir egal. Ich hatte Caroline aus diesem zwielichtigen und schmutzigen Milieu befreit. Das verschaffte mir innerliche Genugtuung und ließ mich die schrecklichen Erlebnisse von Donnerstag früh fast ein wenig vergessen.

Und Marcel? Ich hatte mehrmals mit ihm telefoniert und versucht, ihn zu einem Treffen in einer unserer Stammkneipen zu überreden. Einfach nur ein bisschen reden und Kölsch trinken. Aber er wollte lieber zu Hause bleiben und seine Ruhe haben. Ich hatte ihn selten so deprimiert und niedergeschlagen erlebt. Er schien Michis Tod noch nicht verarbeitet zu haben.

Aber die allgegenwärtige Trauerstimmung sollte auch von mir schon sehr bald wieder Besitz ergreifen.

4. Kapitel: Rückkehr zum Alltag

Polizeipräsidium Köln, GS, PI 8, PHW, DG Dora, Kapellenstr. 28, 51103 Köln-Kalk, Sonntag, 10. Juli 1994, 06:21 Uhr

Ich war recht früh an der Hauptwache eingetrudelt. Die Funkantennen der Streifenwagen vor dem Wachgebäude waren allesamt mit einer schwarzen Schleife versehen, die Stimmung in der Wache war noch genauso gedrückt wie Donnerstagmorgen. Die im Wachlokal anwesenden Wachbeamten der Dienstgruppe C beziehungsweise „Cäsar" nickten mir nur wortlos und grimmig zu. Ein Blick auf den Dienstplan an der Wand verriet mir, dass ich heute abermals mit Marcel die Besatzung von 18/31 bilden sollte. Dabei fiel mir auf, dass auf der Liste der Name *PM z.A. Schmitz* mit schwarzem Filzstift durchgestrichen war. Welche banalen Auswirkungen doch der Tod eines Menschen im Alltagsgeschehen haben kann. Ein schwarzer durchgezogener Strich und man existiert nicht mehr. Wenn diese Erkenntnis nicht so schmerzlich wäre, könnte man fast drüber lachen.

Aber nach Lachen war mir schlagartig nicht mehr zumute. Im Aufenthaltsraum saß Marcel, den Blick starr auf seine mit duftendem Kaffee gefüllte Tasse mit dem Logo der Polizeigewerkschaft gerichtet. Er nahm kaum Notiz von mir, genauso wie Lothar und Sonja, die ebenfalls am Tisch saßen und sich anschwiegen. Ich ließ mich wortlos auf einem der Stühle nieder.

Direkt vor mir lag der Lokalteil des Kölner Stadt-Anzeigers vom vergangenen Freitag. Folgender Artikel stach mir sofort ins Auge:

Brutaler Polizistenmord in Höhenberg

Köln - Bei der Routinekontrolle eines verdächtigen Fahrzeugs wurde in den gestrigen Morgenstunden auf einem Waldparkplatz am Höhenberger Ring der 21jährige Polizeimeister Michael S. von einem Autoschieber erschossen. Wie Polizeipräsident Jürgen Roters Donnerstagvormittag auf einer Pressekonferenz im Polizeipräsidium am Waidmarkt mitteilte, wurden Michael S. und sein Kollege Jean-Claude B. (30) aufgrund eines anonym eingegangenen Hinweises zu einem verdächtig erscheinenden Abschleppwagen geschickt. Als die Beamten versuchten, das Fahrzeug zu überprüfen, eröffnete der 45jährige Kfz-Meister Klaus B., der sich unbemerkt in dem Abschleppwagen aufhielt, ohne Vorwarnung das Feuer auf den jungen Beamten und floh. Michael S. erlag noch am Tatort seinen schweren Verletzungen im Brustbereich.

Wenig später entdeckten Beamte im Rahmen der sofort eingeleiteten Fahndung den Todesschützen Klaus B. in seiner Werkstatt an der Bergisch Gladbacher Straße in Holweide. Er hatte sich gleich nach der Tat selbst erschossen, da er „mit dieser Schuld nicht fertigwerde“, wie er in einem aufgefundenen Abschiedsbrief mitteilte. Klaus B. gab als Tatgrund an, daß er an Autoschiebereien beteiligt gewesen sei, und auf dem Parkplatz einen Komplizen erwartet habe, als die Streife eintraf. B.s Mitarbeiter Heiko T. (25) teilte mit, daß sein Chef in den letzten Monaten seltsam gewirkt habe und kaum noch ansprechbar gewesen sei. „Mit dem Klaus hat irgendwas nicht gestimmt. Er hatte wegen seiner Scheidung massig Schulden und wußte nicht mehr ein noch aus.“

Michael S. soll in den nächsten Tagen auf dem Worringer Friedhof beigesetzt werden. Nach den tödlichen Schüssen meldete sich auch der Landesvorsitzende der Gewerkschaft der Polizei (GdP), Klaus Steffenhagen, zu Wort. „Diese Tat hat mal wieder gezeigt, daß wir unsere Polizeibeamten besser vor solchen Übergriffen schützen müssen. Seit Jahren fordern wir von der Landesregierung, unsere Kollegen mit schußsicheren Westen auszustatten. Aber vom Innenministerium wird das immer nur unter Hinweis auf die enormen Kosten abgelehnt. Ein Unding“, so Steffenhagen. Michael S.' Verlobte und seine Familie sowie sein Kollege Jean-Claude B., der einen Schock erlitt, waren nicht zu einer Stellungnahme bereit. (mk)

Da hatten sich die Jungs vom Stadt-Anzeiger bei ihren Recherchen aber richtig Mühe gegeben. Ich konnte keinen Fehler in der Darstellung des Tathergangs feststellen.

Nachdem ich meinen Kaffee ausgetrunken hatte, begab ich mich zu Marcel. Inzwischen war es schon zehn nach sieben. Man konnte Marcel ansehen, dass ihn die ganze Situation anwiderte.

Nachdem ich ihm wortlos auf die Schulter geklopft hatte, ging er mit mir zu Arnold 18/31 vor dem Haupteingang.

Vor dem Einsteigen blickten wir fast synchron zu der im Wind wehenden schwarzen Schleife an unserer Antenne und hielten für mehrere Sekunden, die mir wie eine Ewigkeit vorkamen, inne. Sonja und Lothar nickten uns kurz zu und bestiegen den neben unserem Mondeo geparkten Streifenwagen. Es schien, als hätte uns Michis Tod unserer Sprache beraubt. Von der leichten Unbeschwertheit der vergangenen zwei Tage, die ich Caroline zu verdanken hatte, war nicht der Hauch einer Spur übrig geblieben. Missmutig startete ich den Motor.

Wir drehten unsere Runde, Stunde um Stunde verging, ohne dass Marcel und ich auch nur eine Silbe miteinander geredet hätten. Es war zwar ein schöner und sonniger Tag, trotzdem spürte ich Kälteschauer auf der Haut. Marcel ging es ähnlich. Aus dem Blickwinkel konnte ich sehen, dass er die Arme wärmend vor der Brust verschränkt hatte.

Irgendwann gegen halb elf knackte es dann im Funkgerät. Es kostete uns beide einige Überwindung, dem Funkruf von „Arnold“ zuzuhören.

„18/31 von Arnold!“

„Kommen, Arnold!“

„Familienstreit in der Gernsheimer Straße 16. Ehemann soll seine Frau bedrohen und vermutlich auch schlagen! Nachbarn haben angerufen und warten vor der Haustür. Eigensicherung beachten! Anfahrt mit der *3*!“

Bei der Anweisung „Eigensicherung beachten!“ erschauderte ich für den Bruchteil eines Augenblicks.

Ich begann zu zweifeln, ob es wirklich gut war, dass wir ohne jegliche psychologische Betreuung wieder Einsätze fuhren. Michis Tod hatte uns vor Augen geführt, welche Gefahr von angeblichen Routineeinsätzen doch ausgehen konnte. Meine Angst bekämpfend, drückte ich die Taste *3* des Statusgebers und trat das Gaspedal des Mondeo bis zum Anschlag durch.

Mit quietschenden Reifen hielten wir in dem Wendehammer vor dem riesigen Wohncontainer in der Gernsheimer Straße, dessen heruntergekommener Zustand dazu einlud, schnellstmöglich wieder zu verschwinden. Ein älterer, dicklicher Mann mit osteuropäischem Akzent erwartete uns vor der zersprungenen Glastür, die als Eingang des Hochhauses diente. Hastig schilderte er uns, dass sein Nachbar aus dem neunten Stock, ein arbeitsloser Säufer namens Harald Weber, seine Frau seit mindestens einer halben Stunde wie ein Verrückter anschreie und mit Schlägen bedrohe. Unsere Kollegen seien schon öfters bei ihm gewesen, da es zu seinen Angewohnheiten gehöre, im betrunkenen Zustand auszurasten.

Wir betraten den verdreckten Aufzug, der nach allen möglichen Ausdünstungen stank, und begaben uns in den neunten Stock. Schon beim Verlassen des Fahrstuhls konnte man das laute Gegröle von Harald Weber vernehmen. Der endlos lange Flur verbreitete eine deprimierende Atmosphäre. Neonleuchten mit zersprungenen Glasabdeckungen hüllten den trostlosen Ort in ein kaltes, abweisendes Licht. Zigarettenkippen und ausgespuckte Kaugummis säumten unseren Weg. Aus den umliegenden Wohnungen drang orientalische und Rap-Musik.

Ohne lange suchen zu müssen – Webers Schreierei wies uns den Weg – erreichten wir die zerkratzte und bekritzelte Tür mit einem seltsamerweise recht liebevoll gestalteten ovalen Holztürschild. Auf diesem waren wie von Kinderhand ein kleines Häuschen und drei fröhlich umhertänzelnde Figürchen gemalt. In Erstklässlerschrift stand darauf: *Hier wohnen Harald & Roswitha & Désirée Chantal Weber.* Das Türschild zeugte zwar von schlechtem Geschmack, jedoch vermittelte es in dieser Atmosphäre der Hoffnungslosigkeit ein Gefühl der Geborgenheit. Es stand aber in krassem Gegensatz zu den Szenen, die sich zeitgleich jenseits der Wohnungstür abspielten. Eine raue, versoffene Männerstimme wiederholte in beständiger Regelmäßigkeit den Satz „Du Schlampe, jetzt bist du reif!" und wechselte sich mit einem verschreckten, tränenerstickten Kinderstimmchen ab, das immer wieder beschwörend die Worte „Papa, lass die Mama in Ruhe!" entgegenbrachte.

Daneben war noch das Schluchzen einer erwachsenen Frau zu hören. Nach einem heftigen Schlucken, mit dem ich versuchte, die Bilder des blutüberströmten Kollegen aus meinem Kopf zu verbannen, wandte ich mich an meinem Freund: „Marcel, alles klar?"

Ohne die geringste Gesichtsregung erwiderte er: „Geht schon. Jetzt lass uns unseren Job machen!"

Ich zog meine schwarzen Handschuhe an und trommelte gegen die Tür. Aus voller Brust schrie ich: „Aufmachen! Polizei!"

Hinter der Tür hörte ich einen klatschenden Schlag und ein schmerzverzerrtes Aufschreien. „Hast du Hure etwa die Bullen gerufen? Ich schlag dich tot!"

Jetzt reichte es mir. Ich spürte Wut in mir hochkochen. Man soll sich als Polizeibeamter zwar immer ein gewisses Maß an Neutralität bewahren, aber wenn sich jemand an Frauen und Kindern vergreift, gibt's bei mir kein Halten mehr. Nach einem kurzen Anlauf trat ich die Tür auf. Ohne Widerstand zerbarst das Schloss und gab uns den Weg in die schmuddelige Wohnung preis.

Am anderen Ende des Flurs konnte ich einen ungepflegten Mann in den Dreißigern ausmachen, der nun auf Marcel und mich zugestürmt kam. Es war der vor Wut rasende „Hausherr", der wegen seines über dem Bierbauch spannenden Nationalmannschaftstrikots der WM von 1990 und seiner Micky-Maus-Boxershorts ein Bild der Lächerlichkeit bot. Harald Weber baute sich wenige Zentimeter vor mir auf. Sein Atem roch nach Jauchegrube, seine Poren dünsteten Jägermeister und Kölsch aus. Übelkeit stieg in mir hoch. Seine braungelben Zähnen waren zu sehen, als er sein Wort an mich richtete: „Verpisst euch, ihr Arschlöcher! Sonst könnt ihr mich kennenlernen!"

Ich blieb ganz ruhig, hob wie in Zeitlupe meine Arme. „Bevor wir weiterreden, treten Sie erst mal 'nen Schritt zurück."

Ich schubste die Alkoholleiche beidarmig von mir weg. Weber stolperte rückwärts, konnte sich aber im letzten Moment vor dem unausweichlich erscheinenden Sturz bewahren.

Inzwischen hatten sich ein süßes, etwa sechs Jahre altes Mädchen, dem Tränen die Wangen herunter liefen, und eine dickliche Frau Anfang dreißig, die ihr Kind nun tröstend und schützend umarmte, ebenfalls im Flur versammelt. Der Frau, die mit ihren fettigen langen Haaren, dem grauen Jogginganzug und den Aknepickeln im Gesicht einen ähnlich verwahrlosten Eindruck wie ihr Mann hinterließ, lief Blut aus den Mundwinkeln und der Nase. Ihre Augen- und Wangenpartien waren blaulila verfärbt, die Lippe war aufgesprungen. Auch ihr rannen Tränen über das Gesicht, hilfesuchend blickte sie Marcel und mich an.

„Marcel, gehst du bitte mit der Frau und ihrer Tochter nach nebenan? Kümmere dich um sie! Am besten, du rufst auch gleich einen Arzt!"

„In Ordnung, Pitter!" Marcel wollte sich an mir und Weber vorbeischieben, dieser besoffene Wichtigtuer packte ihn jedoch mit festem Griff an der Schulter. „Du Scheißbulle gehst hier nirgendwohin, klar? Verpisst euch, ihr Idioten!"

Ich wollte gerade etwas sagen, um Marcel beizustehen,

da hatte er bereits blitzschnell Webers Handgelenk gepackt und von seiner Schulter gezogen. Er muss dabei sehr fest zugedrückt haben, da sich Webers Gesicht vor Schmerz verzerrte. Mit eiskaltem Blick starrte er den verdutzten Haustyrannen an, schob sich an ihm vorbei und bat Frau und Tochter ins Nebenzimmer. Ich war mit Weber allein. Meine Hand langte nach dem Gummiknüppel in meinem rechten Hosenbein und trommelte auf den Griff. „So, was ist hier eben passiert?"

„Wat geht dich dat an? Ich hatte ein bisschen Streit mit meiner Alten. Na und? Halb so wild. Wenn die blöde Kuh zu doof ist, Kaffee zu kochen, kann ich ihr auch nicht helfen. Dann hat sie ihre Tracht Prügel verdient. Und jetzt raus hier!" Mit diesen Worten schubste er mich, ich taumelte ein wenig zurück, ging aber direkt zum Gegenangriff über. In Sekundenschnelle hatte ich meinen Schlagstock hervorgeholt, mit dem ich diesem Idioten einen kräftigen Hieb in den Magen verpasste. Angebracht oder nicht, das war mir in diesem Moment egal. Ich steckte meine ganzen aufgestauten Aggressionen über Michis Tod in diesen Schlag. Es war, als würde sich ein Ventil in mir öffnen, aus dem nun alle Wut, Trauer und Angst ausströmen könne. Paradoxerweise hatte ich das Gefühl, mit diesem Stockhieb Michi rächen zu können. Weber war jaulend zu Boden gegangen und hielt sich wimmernd den Bauch. Genugtuung erfasste mich. Ich kannte keine Gnade mit ihm. Nachdem ich ihm noch am Boden liegend Handschellen angelegt und die Festnahme ausgesprochen hatte, ging ich zu Marcel und den gepeinigten Familienangehörigen. Ich riet

Roswitha Weber, gegen ihren Mann Anzeige zu erstatten, was sie auch ernsthaft in Erwägung zog. Frau Weber und ihre kleine Tochter bedankten sich so überschwänglich bei uns, dass es mir fast schon peinlich war. Es fehlte nur noch, dass sie vor uns auf die Knie gingen.

Wir lieferten den Randalierer unter dessen heftigstem verbalem Widerstand im PG am Waidmarkt ab. Entsprechend gereizt reagierten die ohnehin missmutig gestimmten wachhabenden Kollegen auf Webers renitente Art. Ich blickte auf die Uhr. Es war gerade mal viertel vor zwölf. Auch Marcels Mimik hatte sich in der letzten Stunde sichtlich aufgehellt. Die Gewissheit, zwei hilf- und wehrlosen Personen aus einer bedrohlichen Lage geholfen zu haben, führte uns vor Augen, dass wir doch einen sinnvollen und wichtigen Beruf ausübten. Es machte Michis sinnlosen Tod zwar nicht vergessen, linderte aber - jedenfalls vorübergehend - den Schmerz.

***

Wir machten uns auf den Rückweg zur Kalker Hauptwache. Beim Betreten des menschenleeren Aufenthaltsraums klopfte mir Marcel freundschaftlich auf die Schulter. Er verzog die Mundwinkel zu einem kaum erkennbaren Lächeln. „Da haben wir aber gute Arbeit geleistet, nicht wahr, Pitter?"

„Das kannst du laut sagen. Das hat eben richtig gut getan, die Frau und die Tochter vor diesem Riesenarschloch zu beschützen. Komm, lass uns 'nen Kaffee trinken!"

„Gute Idee, Jung!"

Wir hatten uns kaum hingesetzt – Marcel las wieder in einer seiner geliebten Computerzeitschriften, ich konzentrierte mich auf einen EXPRESS-Bericht über die Vorbereitungen von Berti Vogts und der Nationalelf auf das heutige WM-Viertelfinalspiel gegen Bulgarien –, als ein sorgenvoll dreinblickender Hartmut den Raum betrat. „Hallo, Männer, gut, dass ich euch antreffe. Es ist wegen eures Alleingangs Donnerstag früh. Der Müllenbach will euch sprechen."

Verwundert schaute ich Marcel und unseren DGL an. „Der ist hier?! Heute ist doch Sonntag! Da ist der doch nie im Büro!"

Hartmut nickte. „Eben. Der hat extra seinen freien Tag geopfert, um mit euch zu reden. Ihr habt ein paar Kollegen im Präsidium mit der Aktion ziemlich verärgert. Hab ich euch ja gleich gesagt. Geht besser mal rauf. Der ist ziemlich stinkig auf euch! Tut mir echt leid, Jungs!"

Kopfschüttelnd und wortlos erhob ich mich, Marcel tat es mir gleich.

***

Wir ließen Hartmut im miefigen Aufenthaltsraum zurück und machten uns über das Treppenhaus auf den Weg ins Büro von Polizeioberrat Bernd Müllenbach. Er war der Leiter der Polizeiinspektion 8 und eigentlich ein ganz netter Chef, was man weiß Gott nicht von allen Vorgesetzten behaupten konnte. Aber jetzt wussten wir beide nicht, was uns erwartete. Sicher, wir hatten unsere Kompetenzen deutlich überschritten, als wir auf eigene Faust nach Michis Mörder fahndeten. Aber andererseits glaubte ich – damals zumindest -, einige Kollegen zu kennen, die in dieser Situation nicht anders reagiert hätten.

An Marcels angespanntem Gesichtsausdruck konnte ich jetzt trotzdem erkennen, dass ihm der Gang zu Müllenbach mehr als unangenehm war. Marcel galt – unabhängig von der Reputation seines Vaters und dessen Dienststellung in der PI – als äußerst vorbildlicher Polizeibeamter. Er hatte sich bislang aus allen internen Streitigkeiten herausgehalten, so weit es ging, und keine offene Kritik an Kollegen geübt – höchstens wenn wir allein waren oder irgendjemand etwas gegen mich gesagt hatte. Marcel hatte sich während seiner Laufbahn als Polizist noch nie Ärger eingehandelt. Damit hatte er mir etwas voraus, ich hatte bereits mehrere Beschwerden aufgebrachter Bürger überstanden. Manchmal war ich einfach zu hitzköpfig...

Und jetzt würde der Musterbeamte Marcel Koslowski seinen ersten richtigen Anschiss kassieren. Er sah wie jemand aus, der zum Schafott geführt wurde.

Im Nachhinein hätte ich gut daran getan, die Sache nicht derart locker zu nehmen. Denn was folgte, war eine Unterredung, die uns absolut klarmachte, in welchen gravierenden Schwierigkeiten wir beide uns fortan befanden.

Dieser Tatsache widersprechend selbstsicher und gelassen pochte ich dann auch gegen Bernd Müllenbachs Tür, der bestimmend „Herein!“ rief. Ich lächelte Marcel ein letztes Mal aufmunternd zu, bevor wir den Raum betraten. Marcel musste sich sichtlich quälen, um meine freundliche Geste zu erwidern.

Kaum hatten wir das geräumige Büro mit unzähligen Bildern ebenso unzähliger USA-, Thailand- und Mexiko-Trips betreten, sprang der korpulente, kahlköpfige Mann Mitte fünfzig von seinem Drehstuhl auf und blickte uns mit durchdringender Miene an.

Nach einem abgehackten „Tach, meine Herren!“, das ein preußischer Offizier der Kaiserzeit nicht zackiger hervorgestoßen hätte, deutete er uns mit einer unwirschen Handbewegung, auf den Besucherstühlen am anderen Ende seines Schreibtisches Platz zu nehmen. Lässig machte ich es mir auf dem Stuhl bequem, ließ mich so weit durchsacken, bis mein Nacken fast die Stuhllehne berührte und streckte alle viere von mir, während Marcel, der sich kaum traute, auch nur zu atmen, unruhig auf seinem Stuhl hin und her rutschte. Nach einer mehr als peinlichen Schweigeminute richtete der Mann auf der anderen Seite des Schreibtischs, der ausnahmsweise keine Uniform trug, sein Wort an uns. Obwohl er normalerweise ein gutmütiger und liebenswerter Vorgesetzter war, hätte sein momentaner Anblick jeden zu Salzsäule erstarren lassen können.

„Meine Herren, Sie wissen hoffentlich, warum Sie hier sind?“

Ich wusste, dass Marcel in dieser Lage bis auf ein unverständliches Stottern wohl keinen vernünftigen Satz herausgebracht hätte. Daher erlaubte ich mir, für uns beide das Wort zu ergreifen.

„Klären Sie uns doch einfach auf, Herr Müllenbach." Während ich diesen Satz – die Arme vor der Brust verschränkt - mehr als gelangweilt hervorstieß, konnte ich aus dem Blickwinkel erkennen, dass mich Marcel anschaute, als wollte er mir gleich an die Gurgel springen. Auch das dritte Augenpaar in diesem Raum funkelte mir feindselig entgegen.

„Nichts lieber als das, Herr Merzenich. Können Sie mir eine vernünftige Erklärung dafür geben, warum Sie sich – über alle Kompetenzen hinwegsetzend und alle Anweisungen der Leitstelle missachtend – genötigt gefühlt haben, in eigener Regie nach dem Mörder des Kollegen Schmitz zu fahnden? Wissen Sie eigentlich, in welche Erklärungsnöte Sie mich bei den zuständigen Dienststellen gebracht haben? Die Kripo hat mir in den vergangenen Tagen die Bude eingerannt. Also: Was sollte die Aktion? Und überlegen Sie sich eine verdammt gute Antwort! Es reicht schon, dass ich mein freies Wochenende für Ihre Eskapaden opfern muss!"

Ich beugte mich vor. Marcel hätte wahrscheinlich am liebsten die Hände über dem Kopf zusammengeschlagen. Ich fand diese ganze Sache einfach nur lächerlich. *Denkt einer dieser Sesselfurzer bei dem ganzen Bürokraten-Scheiß eigentlich auch an Michi und seine Angehörigen?* schoss es mir durch den Kopf. Dementsprechend ungehalten quoll die Antwort aus mir heraus:

„Haben Sie eigentlich schon mal einen Kollegen auf der Straße verbluten sehen, Herr Müllenbach? Laufen Sie mal den ganzen Tag mit den Bildern dieses blutüberströmten

Körpers im Kopf rum, die Sie nicht zur Ruhe kommen lassen! Diese Erfahrung gönne ich nicht mal meinem schlimmsten Feind. Wenn Sie so was miterlebt haben, ist Ihnen diese ganze Paragrafenreiterei doch scheißegal! Glauben Sie's mir! Sie wollen dann einfach nur noch dieses gottverdammte Arschloch finden! Egal, wer dafür laut Dienstvorschrift zuständig ist."

Müllenbach zog die Augenbrauen hoch und atmete tief durch. Sein Blick wanderte in Richtung des fast einem Herzinfarkt erliegenden Marcel. „Was haben Sie dazu zu sagen, Herr Koslowski?" Hilfesuchend schaute mich mein Freund und Streifenpartner an. Ich bestärkte ihn und gab ihm mit meinem festen Blick Halt und Mut.

„Mein Kollege hat recht, Herr Müllenbach. Es ist das Fürchterlichste, was einem als Polizeibeamter passieren kann. In solch einer Ausnahmesituation denkt man nicht mehr an irgendwelche Vorschriften. Vielleicht haben wir einen Fehler gemacht. Aber wir konnten in diesem Moment nicht anders handeln. Ich würde es jederzeit wieder tun." Erstaunt über Marcels unerwartet beherzten Beistand fühlte ich Stolz, diesen Kollegen als Freund zu haben. Marcel vermochte sich bei weitem besser zu artikulieren als meine Wenigkeit.

Das überzeugte unseren äußerst kritischen Vorgesetzten jedoch nicht. Sein Blick wurde noch ernster.

„Ich habe, ehrlich gesagt, nichts anderes von Ihnen beiden erwartet. Und ich kann Sie sogar ein Stück weit verstehen. Aber ich kann und will das als Rechtfertigung nicht durchgehen lassen!

Ich will ganz ehrlich sein: Ihr Verhalten war inakzeptabel! Ich erwäge, gegen Sie beide ein Disziplinarverfahren einzuleiten. Was das heißt, muss ich an dieser Stelle ja wohl nicht erwähnen... Ich sage Ihnen eines in aller Deutlichkeit: Sollten Sie diese Sache wider Erwarten glimpflich überstehen, will ich Sie hier nicht mehr sehen! Bewerben Sie sich am besten direkt weg! Wie wär's beispielsweise mit der Kreispolizeibehörde Euskirchen? Ein Bekannter von mir leitet dort die Polizeiwache Schleiden – mitten in der tiefsten Eifel! Der sucht händeringend zwei junge, motivierte Kollegen, die die Oleftalsperre bestreifen und den Wochenendausflüglern und Campern Knöllchen schreiben. Dafür wären Sie die idealen Kandidaten!

Mensch, Koslowski, was ist nur in Sie gefahren? Sie waren immer so ein vorbildlicher Beamter – von Ihnen, Merzenich, bin ich ja schon einiges gewöhnt. Auch, wenn Sie bisher hier gute Arbeit geleistet haben, sind sie ja schon immer gerne über die Stränge geschlagen. Ihr Ruf ist Ihnen damals von der Hauptwache Nippes vorausgeeilt. Aber das hier? Ich hätte Sie für schlauer gehalten – gerade, da Sie ja eigentlich bald Ihren Aufstieg machen wollten.

Aber gut. Für heute soll das erst mal reichen. Und jetzt sehen Sie zu, dass Sie mir aus den Augen und wieder auf die Straße kommen!", schloss Müllenbach, immer noch außer sich vor Wut.

***

Wir verließen wortlos das Büro. Mir hatte Müllenbachs vorletzte Bemerkung den größten Stich versetzt. Bisher hatte ich es vermieden, Marcel von meinem Aufstieg zu unterrichten. Jetzt erfuhr er es durch einen Dritten. Flüchtig blickte ich Marcel beim Verlassen des Chefbüros an, um meine Augen im nächsten Moment wieder schamerfüllt abzuwenden. Sein Blick sprach Bände. Er war stocksauer und enttäuscht. Und das konnte ich nur zu gut nachvollziehen.

Ohne mich weiter zu beachten, stürmte er die Treppe zum Wachlokal runter. Ich konnte nichts tun, außer ihm wie ein räudiger Hund zu folgen. Am Treppenansatz fasste ich mir schließlich ein Herz und packte Marcel von hinten an der Schulter. „Marcel... Warte doch! Ich wollt's dir schon längst gesagt haben... Bitte..."

Wie eine lästige Fliege schüttelte er meine Hand ab und lief entschlossen auf die Straße, wo er sich an unseren Mondeo lehnte. Er schüttelte ungläubig den Kopf. „Das gibt's doch gar nicht... Ich hab gedacht, wir wären Freunde... Und dann so was!"

„A-aber Marcel, wir sind doch Freunde, aber schau mal, es war einfach noch nicht der richtige Zeitpunkt, es dir zu sagen, und dann..."

„Ach nein? Und wann wär der deiner Meinung nach gewesen? Wenn du deine Ernennung zum Kommissar in der Hand gehalten hättest, oder was? Seit wann weißt du, dass du den Aufstieg machst?"

„Schon seit Mai. Ich wollt's dir sagen, aber dann kam das mit Michi dazwischen und – und irgendwie hab ich mich auch nicht getraut, weil wir doch so ein super Team sind. 'Tschuldigung, alter Freund!"

Marcel schaute mich prüfend an, dann verzog er sein Gesicht zu einem Lächeln. „Na ja, dann brauch ich wenigstens kein schlechtes Gewissen mehr zu haben..."

„Was meinst du?"

„Ich wollte dir schon viel länger was sagen..." Ich war ziemlich verdutzt.

„Flipp jetzt nicht aus und sag Erich bloß nix davon!" Nachdem Marcel tief Luft geholt hatte, antwortete er mir. „Ich hör auf!"

„Du machst WAS???!!!"

„Du hast schon richtig gehört. Ich halt's in diesem Beruf nicht mehr aus. Und Michis Tod – so makaber es klingen mag – hat mich in meiner Entscheidung bekräftigt. Ich werde aufhören und Wirtschaftsinformatik studieren. Dieser ganze Beruf kotzt mich so an, das glaubst du nicht. Jeden Tag die gleichen Proleten, mit denen man sich herumprügeln darf. Ich will und kann nicht mehr. Hätte ich bloß nie auf meinen Vater gehört!"

Ich war fassungslos, dachte aber gleichzeitig an das Gespräch mit Erich und Hartmut. Wir hatten alle drei festgestellt, dass mit Marcel etwas nicht stimmte. Das war es also. Nachdem ich im ersten Moment perplex und ein wenig geschockt war, musste ich loslachen. Marcel stimmte umgehend in dieses Gelächter ein. Obwohl wir uns beide eine wichtige berufliche Entscheidung verheimlicht und aller Wahrscheinlichkeit nach ein Disziplinarverfahren eingehandelt hatten, war das eine überaus witzige Situation. Nachdem wir uns eine ganze Weile vor Lachen nicht mehr einkriegten, klopfte ich Marcel freundschaftlich auf die Schulter.

Wir machten uns wieder auf den Weg zu unserem Wagen. Inzwischen war es schon halb eins durch. Sonnenlicht drang in den Fahrgastraum unseres Mondeo, gut gelaunt machten wir Witze, ich bat Marcel, mir eine Audienz bei Bill Gates zu organisieren, sobald er für Microsoft arbeiten sollte.

***

Wir wussten beide, dass unsere gemeinsame Zeit bei der Polizei bald abgelaufen sein würde. Diese Erkenntnis rückte Michis Tod und die damit verbundene Trauer sowie den Ärger, den wir uns eingehandelt hatten, in den Hintergrund. Wir wollten die letzten gemeinsamen Wochen als Streifenpartner genießen. Marcel erzählte mir, dass er sich bereits für das Wintersemester eingeschrieben habe, er habe sich nur noch nicht getraut, der Inspektionsleitung seine bereits verfasste schriftliche Kündigung auszuhändigen. Innerlich wusste ich, dass Marcel für sich die richtige Entscheidung getroffen hatte, deshalb sagte ich ihm auch meine vollste Unterstützung zu. Die würde er gerade bei Erich brauchen, denn seine Kündigung würde für den Vollblut-Polizisten eine Welt untergehen lassen.

Aber so langsam fragte ich mich, was wohl ein mögliches Disziplinarverfahren alles nach sich ziehen könnte. Müllenbach hatte mir ja mehr als deutlich gemacht, dass ich mir eine Kommissarskarriere höchstwahrscheinlich abschminken konnte.

Aber wenn das die Konsequenz für mein Handeln sein sollte, so hatte ich wenigstens Michis Tod aufgeklärt.

Wir hielten an einer kleinen Imbissbude, ich lud Marcel auf eine Currywurst mit Pommes ein. So viel wie an jenem Mittag hatten wir seit den dramatischen Ereignissen um Michi nicht mehr geredet. Ich hatte Marcel in all den Jahren selten so beschwingt wie an jenem Tag erlebt. Ihn umgab immer die Aura des kühlen Denkers, dem es sehr schwerfiel, seinen Mitmenschen locker gegenüberzutreten. Diesmal war es anders. Er schien von der schweren Last, die ihm die Verheimlichung seiner Kündigungspläne eintrug, befreit.

Punkt Viertel vor drei waren wir wieder auf der Wache, der Rest der Schicht war ohne besondere Vorkommnisse verlaufen. Wir hatten unsere Streifenfahrt damit verbracht, nach netten jungen Frauen Ausschau zu halten, die – sommerbedingt - leicht bekleidet über die Bürgersteige flanierten. Marcel ließ sich in seiner guten Laune sogar dazu hinreißen, einigen Mädchen bei geöffneter Fensterscheibe hinterher zu pfeifen.

Wir zogen uns um, beim Verlassen des Gebäudes verabschiedeten wir uns bis zum Abend – schließlich würden wir in der kommenden Nacht wieder zusammen auf Streife fahren. Ich hätte mich lieber mit Marcel zum Fußballgucken im Kalker Eck verabredet. Aber der Dienst ging leider vor.

Pfeifend fuhr ich los und freute mich darauf, Caroline zu sehen. Sie wartete bereits in meiner Wohnung und würde mir die paar freien Stunden bis zur Nachtschicht versüßen. Vor meiner Haustür in der Bertramstraße angekommen, stellte ich den Wagen ab und wollte gerade die Haustür aufschließen, als ich einen dumpfen und sehr heftigen Schlag auf meinen Hinterkopf verspürte.

Bewusstlos sackte ich zusammen.

***

Ich kam zu mir, als irgendwer mein Gesicht beschnüffelte. Im nächsten Moment rüttelte unablässig eine Hand an meiner Schulter. Benommen öffnete ich die Augen. Trotz des sich mir verschwommen bietenden Bildes konnte ich ein älteres Ehepaar erkennen. Und zwei große, treu-besorgt blickende Augen, die zu einem Vierbeiner gehörten, der meine Wangen euphorisch mit seiner feuchten Zunge abschleckte. „Pitter! Hallo! Kutt doch zo Üch! Hürt Ehr mich? Nä, Hermann, wat solle mer jetz bloß maache? Dä ärme Käl!"

Eine zittrige männliche Stimme entgegnete ihr: „Komm Trudchen, lass uns den Notarzt rufen!" Aber das war gar nicht mehr nötig, der Schleier vor meinen Augen lichtete sich, ich hob leicht meinen Kopf. Die ältere Dame schlug rasch ein Kreuz, wie es gläubige Katholiken tun, die glauben, gerade Zeugen einer göttlichen Fügung geworden zu sein.

Erst jetzt war ich in der Lage, die Personen zu identifizieren, die mir in dieser misslichen Lage Beistand geleistet hatten. Es war das Ehepaar Schmitz, zwei urkölsche Rentner aus dem Erdgeschoss, die ich sehr gerne meine Nachbarn nannte und um die ich mich, so oft ich Zeit fand, kümmerte. Für das kinderlose Paar war ich wie ein eigener Sohn. Und Trude Schmitz' selbstgebackener Marmorkuchen, der mir schon so manche Schichtpause versüßt hatte, war unübertroffen...

Ich mochte dieses ältere Pärchen sehr gerne. Nicht zu vergessen ihr Dackel Waldi, der vor Freude über mein Erwachen gar nicht mehr aufhörte, mich abzulecken. Mein Kopf fühlte sich an wie nach einer durchzechten Nacht, ich spürte, wie Flüssigkeit aus meinem Hinterkopf austrat. Erschrocken richtete ich mich auf. Als ich das Blut auf meiner Hand sah, wäre ich am liebsten wieder in Ohnmacht gefallen, aber das gebrechlich wirkende Pärchen bemühte sich – auf den Krückstöcken abgestützt –, mich aufzurichten.

Nach einigen Versuchen und Mitleid erregendem Aufstöhnen meiner Helfer stand ich wieder auf den Beinen. Meine Umgebung schien sich wie ein Karussell zu drehen, mir war schwindelig und kotzübel. Wir drei müssen ein belustigendes Bild geboten haben: zwei sehr betagte Rentner, die einen kraftstrotzenden jungen Mann auf den Beinen hielten. Ich sah meinen Schlüsselbund, der vor meinen Füßen auf dem Asphalt lag. Schockiert und geistesabwesend fragte ich meine beiden Retter: „Was ist passiert?"

„Mensch, Pitter, was machen Sie für Sachen? Wir waren

mit dem Waldi Gassi und haben Sie hier auf der Straße gefunden. Sie waren bewusstlos."

Blitzschnell kombinierte ich. Ein schlimmer Verdacht ergriff mich. In Windeseile rannte ich – stark wankend – die Treppen des Hausflurs hinauf zu meiner Wohnung. Vor Nervosität schaffte ich es kaum, die Wohnungstür aufzuschließen.

Hinter der Tür erwartete mich ein Bild des Grauens. Ein heftiger Kampf musste hier stattgefunden haben. Mein Wohnzimmersessel war umgeschmissen, der Spiegel an der Wand meines Flurs war zersprungen, die Garderobe aus der Verankerung gerissen. Aus voller Brust rief ich: „Caroline!" Aber niemand antwortete. Ich schien recht zu haben.

Jupp Opladen hatte sich die Frau, die gerade dabei war, mein Herz zu erobern, gewaltsam zurückgeholt. Wut kochte in mir hoch. Alle Sympathie für Jupp, die ich trotz seines fragwürdigen Berufs bislang für ihn empfunden hatte, war mit einem Mal wie ausgelöscht. Ich wollte gerade die Wohnung verlassen, als ich das Ehepaar Schmitz, sichtlich geschockt über den Zustand meiner Wohnung, im Türrahmen erblickte.

„Wat es denn he passeet? Ach, do leeven Himmel! Mer müsse de Pulizei rofe!"

„Nicht nötig, Frau Schmitz! Das regle ich selbst! Ich weiß, wem ich das hier zu verdanken hab! Dieses Schwein kauf ich mir!"

„Aber Herr Merzenich, beruhigen Sie sich doch! Wir müssen jetzt erst mal Ihren Kopf verbinden! Sie haben ziemlich viel Blut verloren!", wandte Herr Schmitz ein.

„Aber..."

„Nix do, Ehr kutt jetz eesch ens met!" Ich gehorchte meiner Nachbarin.

Frau Schmitz war zwar eine Seele von Mensch, man sollte sich mit ihr jedoch nicht anlegen. Wie alle „Urkölschen" neigte sie zu einer ausfallenden, ja fast vulgären Art, wenn man sich ihrem Willen widersetzte. Und das hätte mir an jenem Sonntagnachmittag nur noch mehr geschadet...

Also begleitete ich das Paar in seine Wohnung. Frau Schmitz kramte umständlich die zur Erstversorgung notwendigen Utensilien aus der Hausapotheke hervor, während Hermann Schmitz mühsam Kaffee aufsetzte und von einem Einsatz der Bahnpolizei Köln gegen Kohlediebe anno 1947 erzählte, bei dem er von den aufgebrachten „Delinquenten" auch hinterrücks niedergeschlagen worden war. Obwohl mir beide einstimmig rieten, sich nicht mit diesen Zuhälterkreisen einzulassen, wollte ich Caroline aus den Fängen dieses Arschlochs befreien. Und mich für meine starken, alle Sinne raubenden Kopfschmerzen rächen...

Vom Telefon der Eheleute Schmitz aus rief ich einen sorgenvoll klingenden Marcel an. „Marcel, wenn ich mich in einer halben Stunde nicht bei dir gemeldet habe, ruf bitte die Kollegen und schick sie in die Rolshover Straße, in den Club 69!", sagte ich. Von dem Überfall erwähnte ich wohlweislich nichts.

Ohne eine Antwort abzuwarten, legte ich auf und verabschiedete mich von meinen besorgten Gastgebern.

***

Eine gute Viertelstunde nach meinem Aufbruch hatte ich mein Ziel im Stadtteil Dellbrück erreicht: ein schmuckloses Mehrfamilienhaus, auf dessen linker Seite sich der mit einem Gittertor bewehrte Eingang zu Jupps Etablissement befand, über dem das neutrale Werbeschild einer namhaften Kölschmarke mit der Aufschrift *Club 69* prangte.

Dieser Stripladen war der zentrale Anlaufpunkt für seine Mädchen, hier fanden illegale Zockerrunden statt. Obwohl Jupp im gesamten rechtsrheinischen Köln Bordelle und auch eine Begleitagentur betrieb, war hier sein „Hauptquartier". Die Mädchen, die sich auf der Bühne an Stangen räkelten und in den oberen Etagen des Gebäudes vollen Körpereinsatz zeigten, um die Wünsche der Gäste zu befriedigen, stammten fast ausschließlich aus Osteuropa - bis auf ein paar gestrandete Existenzen wie Caroline, die eigentlich mit ihrem Leben mehr vorhatten, als sich an lüsterne alte Hurenböcke zu verkaufen.

Ich parkte direkt hinter Jupps prolligem SEC, den Marcel während unserer letzten Nachtschicht genauestens unter die Lupe genommen hatte. Zu meinem Glück war die Gittertür geöffnet. Entschlossen hämmerte ich gegen die dahinterliegende schwere Eisentür, bis ein bulliger Mann – Freddy, der Türsteher – öffnete.

„Ey, wir haben noch nicht auf, kapiert?“, raunzte er mir entgegen.

„Mir doch scheißegal“, entgegnete ich und verpasste dem Muskelprotz mit voller Wucht einen Fausthieb in den Magen und auf die ohnehin platte Nase. Der kahlköpfige Schrank ging zu Boden und krümmte sich. Ohne an die Konsequenzen eines Strafverfahrens zu denken, betrat ich den kaum beleuchteten Raum, der die Nachtbar beherbergte. Auf der Bühne vollführte eine grell geschminkte Schönheit unter dem bunten Licht einer Discokugel einen Strip, der mich fast vergessen ließ, weshalb ich hier war. Aber bevor mir meine Hose zu eng wurde, setzte ich lieber meinen Weg Richtung Bühnenrand fort, wo sich Jupp in einem Plüschsessel mit einer Zigarre niedergelassen hatte und die Darbietung der barbusigen Schönheit mit Händeklatschen und eindeutigen Handbewegungen kommentierte.

Neben ihm saß Caroline, deren Wimperntusche vor Tränen verlaufen war und die wie in Trance ein Glas Whisky auf dem Nierentisch vor ihr betrachtete.

Neben ihr, den Arm um sie geschlungen saß ein lüstern blickender Südländer, es war Jupps rechte Hand, der Marokkaner Mohammed. Ein eiskalter Mann, der niemals Gefühle zeigte und Jupps Mädchen im Zaum hielt. Manche sagten, er wollte Jupps Geschäft übernehmen. Ich konnte es mir gut vorstellen, hatte Jupp aus Kameradschaft – blöderweise, wie sich jetzt herausstellte – vor diesem unsympathischen Arsch gewarnt.

Neben dem ungleichen Trio und der Stripperin war nur noch der gebannt Richtung Bühne schauende und Gläser polierende Barkeeper Erwin, eine ebenfalls gescheiterte Existenz, anwesend. Der Reeperbahn-Veteran erblickte mich dann auch als Erster, auf mein Zeichen hin verhielt er sich jedoch überraschenderweise ruhig. Ich trat – von dem Rest der anwesenden Gruppe unbemerkt – neben Erwin hinter die Theke und würgte die Musik aus der teuren Stereoanlage ab.

Im nächsten Moment drehten sich die anderen um und erblickten mich. Blitzschnell hechtete ich über die Theke, Carolines sorgenvolles Gesicht erhellte sich merklich. Verdutzt sprangen Jupp und Mohammed fast zeitgleich auf und bewegten sich in meine Richtung. Mein Kopf hämmerte wie verrückt. Ich unterdrückte den Schmerz, um klar denken zu können. Jupp kam auf mich zu. „Wen hätten mer denn da?“, fragte er und öffnete mit einer übertriebenen Geste der Freundschaft seine Arme.

„Lass die Floskeln, du Arschloch!“

„Aber warum so unfreundlich, liebster Pitter?“

„Das weißt du doch am besten, oder?“

Jetzt schaltete sich der Marokkaner ein: „Hast du Problem, oder was? Ich mach dich fertig!“

Jupp wollte ihn zwar noch zurückhalten, aber Mohammed hatte bereits sein aufblitzendes Springmesser gezogen und stürmte auf mich zu.

Meine Faust machte ihm einen Strich durch die Rechnung. Als Mohammed dicht vor mir stand, holte ich aus und verpasste ihm einen kräftigen Hieb gegen die rechte Hand. Scheppernd fiel das Messer zu Boden, wimmernd hielt sich der Schläger das Handgelenk. Mit meiner zweiten Faust verpasste ich ihm einen K.-o.-Schlag zwischen die Augen und erlöste ihn somit für mehrere Minuten von den Schmerzen. Nun blieben nur noch Jupp und ich übrig. Da ich ohnehin die Grenze zum Strafverfahren überschritten hatte, war ich nun zu allem bereit.

Jupps Augen funkelten, das Kinn hatte er wie ein wütender Bulle vorgestreckt. Er ging auf mich zu, die Hände wie ein Boxer kampfbereit erhoben.

„Willst du es wirklich riskieren, Jupp? Ich mach dir 'nen Vorschlag: Du lässt Caroline und mich abhauen und ich lass dich in Ruhe. Meine Kollegen werden nix von der Aktion heute Nachmittag erfahren. Versprochen! Lass uns einfach in Ruhe!"

Aber Jupp schien mir gar nicht zuzuhören.

„Meinst du, ich lass mir von so 'nem Scheißbullen wie dir das Geschäft versauen? Nä, Pitter, kannste vergessen. Wenn, dann musst du sie dir schon holen!"

Ich schüttelte den Kopf. „Ich hab echt gedacht, wir könnten das wie zwei erwachsene Männer regeln. Aber bitte. Du hast's so gewollt."

Bevor er seine Deckung perfektionieren konnte, traf meine Faust sein Kinn. Jupp jaulte auf. In Sekundenschnelle hatte ich ihm einen zweiten Schlag in den Magen versetzt. Caroline lief in meine Arme und weinte vor Glück.

„Komm, Süße, wir haben hier nichts mehr verloren. Ich hab dir doch versprochen, dass ich dich hier raushole."

„Danke, Liebster. Wie kann ich das je wiedergutmachen?"

Wortlos zog ich sie näher an mich heran und küsste sie leidenschaftlich. Die ganze Aktion hatte keine zehn Minuten gedauert. Ich trat abermals hinter den Tresen, Erwin hob beschwichtigend die Hände. Angstschweiß lief über seine Wangen.

„Keine Angst, Erwin, ich will nur telefonieren." Erwin stöhnte erleichtert auf; ich rief Marcel an und teilte ihm mit, dass er die Kollegen nicht rufen müsse.

Er fragte, was los sei, ich entgegnete jedoch, dass ich ihm alles später erklären werde. Dann bat ich ihn noch, mich bei Hartmut für den kommenden Nachtdienst krankzumelden und hing auf.

Eng umschlungen verließen Caroline und ich das sündige Etablissement, setzten uns in den alten Monza und brausten davon.

***

An diesem Abend war nicht an Schlaf zu denken. Caroline und ich fuhren eine ganze Weile ziellos umher, bis wir schließlich an den Poller Rheinwiesen ankamen. Wir hatten uns zuvor ein paar Dosen Bier gekauft und machten es uns jetzt auf der Motorhaube bequem.

Caroline und ich schwiegen eine lange Zeit. Wir schauten den WM-Spiele bedingt wenigen Sonnenanbetern und Grillmeistern auf der Wiese zu. Erst jetzt wurde mir klar, was ich soeben getan hatte – einen stadtbekannten Zuhälter in seinem eigenen Puff überfallen, um eine zugegebenermaßen reizvolle Frau zu befreien, von der ich so gut wie nichts wusste. Jeder, der mir so eine Story erzählt hätte, wäre von mir umgehend für absolut bescheuert erklärt worden – vor allem, da es für mich fortan nicht mehr nur um ein Disziplinarverfahren ging, sondern um ein mögliches Strafverfahren. Obwohl ich nicht davon ausging, dass Jupp und seine Mitstreiter tatsächlich bei der Polizei Anzeige erstatten würden... Ich nahm einen kräftigen Schluck und zündete mir eine Zigarette an. Caroline schmiegte sich an mich.

„Ich bin dir so dankbar. Dieser Jupp ist ein solches Schwein." Sie deutete auf den Pflasterverband an meinem Hinterkopf. „Tut's noch sehr weh?"

„Ach, halb so wild. So 'n alter Straßenkämpfer wie ich ist Kummer gewohnt. Haben die dir denn eben was getan?"

Caroline schüttelte den Kopf. „Nein, aber ich hab mich heftig gewehrt, als die in deine Wohnung eingedrungen sind. Zuerst hatten die die Tür aufgeschlossen, ich dachte, du wärst heimgekommen. Ich hatte extra für dich Rührei mit Schinken gemacht, um dich zu überraschen. Aber dann hab ich Jupp und Mohammed im Flur stehen sehen. Die haben mich sofort gepackt und... Ich hatte keine Chance gegen diese beiden Tiere, auch wenn ich Jupp ein paar Tritte in seine – du weißt schon – verpasst habe. Aber das Schlimmste war, als ich dich dann blutend auf der Straße liegen sah. Und ich konnte dir nicht helfen."

„Mach dir mal keine Sorgen, es ist ja vorbei."

Ich küsste ihr duftendes Haar und zog sie fest an mich.

Heute weiß ich nicht mehr, wie lange wir schweigend auf der Motorhaube saßen. Aber als die Sonne bereits untergegangen war und unser Biervorrat zur Neige ging, beschlossen wir, in meine Wohnung zu fahren, auch wenn ich aufgrund des Alkoholkonsums nicht mehr hätte fahren dürfen. Aber welcher Polizist verhält sich schon immer vorbildlich? Und außerdem: vielleicht wäre ich bald ja schon gar keiner mehr...

An dieser Stelle möchte ich nichts zu den nachfolgenden Stunden sagen. Nur so viel: Caroline war eine leidenschaftliche und unersättliche Liebhaberin.

***

Ein schrilles, unablässiges Klingeln riss mich aus den schönen Träumen, die meinen Tiefschlaf begleitet hatten. Orientierungslos hob ich den Kopf und erblickte das Chaos in meiner Wohnung, das noch von Carolines Kampf am Vortag stammte. Mein nächster Blick galt meiner Armbanduhr, da ich festgestellt hatte, dass es draußen bereits taghell war – 10:45 Uhr.

Caroline war durch das Klingeln nicht wach geworden. Ihr nackter Körper räkelte sich unter dem zerwühlten Bettlaken. Ich hatte mich kaum aus dem Bett gequält und meine Boxershorts angezogen, da klingelte es schon wieder. Ich fragte mich, welcher Idiot an meinem freien Montag in aller Herrgottsfrühe so dringend etwas von mir wollte.

Dementsprechend sauer drückte ich die Gegensprechanlage. „Ja?!"

Die freundliche Stimme am anderen Ende besänftigte mich ein wenig. „Guten Morgen Jung, Lust auf ein paar frische Brötchen?"

Es war mein alter Freund Marcel, dessen Anwesenheit in diesem Moment nicht wirklich passend war. Aber wegschicken wäre auch unhöflich gewesen. Schließlich hatte er sich extra auf den Weg von seiner Wohnung in Deutz gemacht, um mit mir in den dienstfreien Tag zu starten. Also öffnete ich ihm die Tür. Marcel würde Augen machen, wenn er Caroline und meine verwüstete Wohnung erblickte.

Mit schreckerfüllten Augen betrachtete er das Schlachtfeld. „Mensch, Pitter, was ist denn hier passiert?"

„Das waren Jupp und seine Kumpels."

„Etwa der Opladens Jupp? Hat das was mit dieser Caroline zu tun? Und was ist mit deinem Kopf passiert?"

Ich lächelte verschämt wie ein kleiner Schuljunge und wandte meinen Blick von Marcel ab. Aus den Augenwinkeln konnte ich erkennen, wie Marcel vorwurfsvoll den Kopf schüttelte. „Ich erzähl dir die Story nachher in Ruhe. Jetzt komm erst mal rein."

In diesem Moment stand Caroline in ihrer ganzen Schönheit nackt im Türrahmen des Schlafzimmers. Verschlafen rieb sie sich die Augen. Sie hatte Marcel noch gar nicht bemerkt. Dafür er sie. Sein Gesicht lief rot an. Ich räusperte mich, um ihre Aufmerksamkeit zu erregen. Als Caroline Marcel erblickte, stieß sie ein erschrecktes „Oh!" aus und verschwand wie von der Tarantel gestochen wieder im Schlafzimmer.

Ich bat den immer noch völlig verdutzten Marcel in die Küche. Nachdem ich Kaffee aufgesetzt und Caroline gebeten hatte, sich doch zu uns zu gesellen, erzählte ich Marcel in groben Zügen, was sich an jenem denkwürdigen Sonntagnachmittag abgespielt hatte.

Marcel verkündete mir auf sehr eindringliche Weise, dass er an meinem Verstand zweifle. Das gemeinsame Frühstück mit Caroline und Marcel gehörte dann auch zu den unangenehmsten Situationen, die ich je überstehen musste. Beide musterten sich nur mit kritischem und argwöhnischem Blick, niemand redete. Zumindest Radio Köln sorgte im Hintergrund mit seinem Bericht über die 2:1-Niederlage der deutschen Elf gegen Bulgarien für ein wenig Unterhaltung. Auch wenn die Stimmen, die zu Wort kamen – darunter der bitter enttäuschte Bundestrainer Berti Vogts höchstpersönlich – alles andere als aufmunternd, sondern allesamt äußerst frustriert waren. Aber das war mir an jenem Morgen auch egal. Ich hatte weiß Gott andere Sorgen als das Ausscheiden unserer Nationalmannschaft aus dem WM-Titelkampf.

Ehrlich gesagt war ich zum ersten Mal in meinem Leben froh, als sich Marcel verabschiedete. Mein bester Freund war mit der Wahl meiner Partnerin alles andere als einverstanden, das merkte ich seinem unentwegt grimmigen Blick an. Als er schon im Hausflur stand, drehte er sich ein letztes Mal um. „Ach, hör mal, sollen wir heute Nachmittag mal zu Jean-Claude fahren und nachsehen, wie es ihm geht? Hatten wir doch sowieso vor.“

„Ist ’ne gute Idee. Aber ich wollte heute erst mal für Ordnung in meiner Bude sorgen. Bis fünf müsste ich fertig sein. Soll ich dich dann abholen?“

„In Ordnung. Also bis später.“

Nachdem Marcel gegangen war, schlich sich Caroline von hinten an und umarmte mich. „Dein Freund scheint mich ja nicht gerade zu mögen, so wie der mich eben angesehen hat... Also, wenn Blicke töten könnten...“

„Der wird sich schon noch an dich gewöhnen, meine Süße. Mir ist ziemlich egal, was die anderen über uns denken. Ich hab dich sehr gern!“

Wir küssten uns abermals leidenschaftlich, bevor wir uns beide ans Aufräumen machten. Caroline musste sich in ihrer Verzweiflung gegen Jupp und seine Kumpels ziemlich heftig gewehrt haben. Wir brauchten bis vier Uhr nachmittags, um das Chaos in meinen vier Wänden zu beseitigen. Ich hatte noch genug Zeit, um mich in Ruhe fertig zu machen, bevor ich mich auf den Weg in die Heribertusstraße in Deutz machte, wo Marcel und Erich eine Wohnung in einem Mehrfamilienhaus bewohnten. Caroline war nicht traurig über meine Verabredung, sie wollte in ihre Wohnung am Hansaring fahren, frische Wäsche holen und sich dann einen gemütlichen Fernsehabend auf meiner Couch machen.

***

Es war ein durch und durch schöner Tag. Nur mit einem T-Shirt und einer Jeans bekleidet holte ich Marcel ab. Der Schock über die Begegnung mit meiner neuen Freundin stand ihm noch ins Gesicht geschrieben, wortlos saßen wir in dem unerträglich heißen Auto. Auch die beidseitig geöffneten Seitenfenster verschafften uns kaum Kühlung. Hitzeflimmern lag über dem Asphalt. Wir nahmen uns Zeit, fuhren nicht über die A 4 Richtung Aachen, sondern über die Landstraße, die an großzügigen Ackerflächen, blühenden Kornfeldern und verschlafenen Ortschaften vorbeiführte. Das flache Land westlich von Köln hatte schon immer eine seltsame Faszination auf mich ausgeübt.

Schließlich erreichten wir das Kerpener Stadtgebiet.

Dort hatte sich in bester, ruhiger Wohnlage Karl-Josef Buir niedergelassen.

Die große weiße Villa mit verschiefertem Walmdach passte so gar nicht in diese ländliche Gegend. Wir hielten vor der niedrigen weißen Mauer und nahmen die zwei kleinen Stufen Richtung Aufgang. Weiße, verschnörkelte Laternen und gleichfarbige Venus- und Amorstatuen säumten unseren kurzen Weg zur breiten, bogenförmigen Eingangstür, die zwischen zwei weißen Säulen ruhte. Neben zahlreichen farbenprächtigen Blumenbeeten zierte noch ein Springbrunnen, der der Kopenhagener Meerjungfrau nachempfunden war, den vorderseitigen Garten. Für meinen Geschmack wirkte der gesamte Komplex zu überladen und verspielt.

Ich drückte auf den Klingelknopf, der in der üppigen Messingtafel mit der Aufschrift *Buir* neben der einladenden Haustür angebracht war. Kajo Buir war ein Selfmade-Millionär, der sich vom Maurergesellen bei einer großen Kölner Baufirma hochgearbeitet und irgendwann seine eigene Firma, die „Karl-Josef Buir Hoch- und Tiefbau KG“, aufgebaut hatte. Jean-Claudes Vater entsprach allen Klischees eines Neureichen. Seine Art schien sich auf Jean-Claude übertragen zu haben. Das Glockenspiel des Londoner „Big Ben“ ertönte, nach etwa einer halben Minute öffnete eine aufdringlich geschminkte und parfümierte Blondine mit hautengem rotem Minikleid. Es war Irina, Kajo Buirs zweite Ehefrau, die er sich aus Russland hatte einfliegen lassen und für die er Jean-Claudes Mutter vor die Tür gesetzt hatte.

Kritisch blickte sie Marcel und mich an. Mit slawischer Lautfärbung fragte sie: „Sie wünschen?“

„Guten Tag, Frau Buir. Wir sind Kollegen von Jean-Claude und wollten ihn besuchen.“

„Kommen Sie rein.“

Der blankpolierte Marmorboden im riesigen Hausflur glänzte und vermittelte den Eindruck von Rutschgefahr. Überall an den Wänden hingen moderne Kunstdrucke, deren Sinn sich auf den ersten – und bei meinem Kunstverständnis auch zweiten – Blick nicht erschloss. Sie standen in krassem Gegensatz zu den Nippesfiguren - kleine, antiken Gottheiten nachempfundene Statuen -, die den kitschigen Eindruck des gesamten Anwesens noch untermauerten.

Irina Buir bat uns in das riesige, wenn auch nicht minder kitschige Wohnzimmer, das die Symbiose zwischen Möbelstücken aus der Biedermeierzeit – zweifellos Originale – mit der modern-nüchternen Innenarchitektur zu verbinden versuchte. Ein Versuch, der zweifellos gründlich misslungen war und von dem kaum vorhandenen Geschmack seines Planers zeugte. Ein hölzerner Geschirrschrank mit kunstvollen Schnitzereien passt nun mal nicht zu einem Aluregal.

Frau Buir erklärte uns, dass sie ihren Stiefsohn – der das komplette Obergeschoss sein Eigen nannte – aus dem hauseigenen Schwimmbad im Keller heraufbitten werde. Marcel und ich machten es uns derweil auf einem grünen, viktorianischen Ledersofa bequem. Auch das Wohnzimmer war mit den kitschigen Figürchen überfrachtet, neben einer ganzen Reihe von CD-Türmen machte sich ein offener Kamin breit. Ich fühlte mich in dieser geschmacklosen Atmosphäre unbehaglich.

Wir hatten kaum Platz genommen, da stürmte ein Mann Mitte fünfzig mit graumelierter Minipli-Frisur, Schnauzbart, Bierbauchansatz und karierter Golferhose zur Tür herein. Er schien erzürnt, bemerkte Marcel und mich gar nicht. An seinem Ohr hielt er eines dieser damals äußerst neumodischen und noch sehr seltenen Handys.

„Luigi, ich lass mich von euch doch nit verarschen. Du bist der Polier und du hast gefälligst dafür zu sorgen, dat der Laden läuft, klar? Ich will, dat dat Haus spätestens Anfang August fertig ist! Sonst könnt ihr euch alle warm anziehen.

Der Auftraggeber steigt mir schon die ganze Woche auf et Dach! Du bist mir persönlich dafür verantwortlich. Kapiert? Ja, tschüss! Bis Morgen! Und keine Ausreden mehr!" Mit diesen Worten legte er auf. Ein erzürntes „Arschloch!" schickte er noch in die Richtung seines verstummten Mobiltelefons.

Erst jetzt bemerkte uns der nervöse Baufirmenbesitzer. Er legte schleunigst seine sanftmütigste Miene auf und bedachte uns mit einem warmherzigen Lächeln, das die Grenze zur Schleimerei schon deutlich überschritt.

„Oh, Besuch in meiner bescheidenen Hütte! Guten Tag die Herren. Buir ist mein Name. Mit wem habe ich das Vergnügen?" Dieser Kerl war echt die Optimalbesetzung für die Rolle von Jean-Claudes Vater.

„Mein Name ist Peter Merzenich, das ist Marcel Koslowski. Wir sind Kollegen Ihres Sohnes und wollten mal nachsehen, wie es ihm so geht. Sie haben ja bestimmt von der Sache am Donnerstag gehört."

„Ja, natürlich. Schlimm! Was heute alles so passiert. Also, Jean-Claude ist noch in unserem Schwimmbad und..."

„Wissen wir bereits. Ihre Frau wollte ihn rufen."

„Na, dann ist ja alles in Butter. Kann ich Ihnen etwas zu trinken anbieten? Freut mich, dass Sie meinem Sohn in dieser schweren Stunde beistehen. Das alles hat ihn ziemlich mitgenommen."

Er hatte seinen Satz kaum ausgesprochen, da standen seine Ehefrau und der triefend nasse, nur mit einem um die Hüften gebundenen Badetuch bekleidete Jean-Claude im

Zimmer. Seine massigen Oberarme glänzten wie eingeölt. Mit seinem typischen, aufgesetzten Lächeln stürmte er auf uns zu, schloss uns beide übertrieben freundlich in die Arme. Er schien auf dem besten Weg zu sein, wieder der Alte zu werden.

„Meine Kollegen, schön, dass ihr hier seid!" Besitzergreifend drückte er uns an seine Brust. So langsam bereute ich, mich für diesen Besuch entschieden zu haben. Nun meldete sich Kajo wieder zu Wort. „Möchten Sie jetzt was trinken? Los, Schatzemann, wat stehste hier noch rum? Hol den Männern endlich ein Kölsch!" Er versetzte seiner sichtlich genervten Ehefrau einen kräftigen Klaps auf den Hintern. Wortlos schaute ich Marcel an, die gesamte Atmosphäre kostete uns ziemlich viel Selbstbeherrschung. Jean-Claude musterte seinen Vater verächtlich.

„Hey, Kajo, wie wär's, wenn du dich mit deiner Russenschlampe einfach verziehst und meine Kumpels und mich hier in Ruhe lässt?!"

„Aber Jean-Claude, ich..."

„Boah, Alter, halt die Luft an! Du nervst ohne Ende. Kommt Jungs, wir gehen in meine Wohnung nach oben. Der Typ und seine Alte gehen mir tierisch auf den Sack."

***

Zurückblickend weiß ich heute beim besten Willen nicht mehr, warum wir diesen völlig sinnlosen Besuch nicht einfach abbrachen. Wahrscheinlich waren Marcel und ich einfach zu fassungslos über die Verhältnisse, die in diesem millionenschweren Haushalt herrschten.

Wir folgten dem über seinen missratenen Vater fluchenden Jean-Claude über die großzügige Wendeltreppe ins Obergeschoss, wo sich hinter den verschnörkelten weißen Geländern der Galerie seine Einliegerwohnung befand. Sie war geringfügig kleiner als das komplette Erdgeschoss. Aber dafür war dieser Teil des Hauses ein wenig geschmackvoller eingerichtet - wenn auch die unzähligen Rocky- und Rambo-Filmplakate den ansonsten positiven Eindruck der sehr spartanisch und modern eingerichteten Wohnung schmälerten. Zu Jean-Claudes protzigem Lebensstil passten dann auch die unzähligen Tennispokale sowie der hochwertige Billardtisch mitten im Wohnzimmer, der jedoch unbenutzt schien, ganz so, als ob er nur als Accessoire für diesen verzogenen neureichen Bengel diente. Auf Aufforderung nahmen Marcel und ich auf einer topmodernen Designercouch Platz. Jean-Claude verschwand hinter der Theke in der ebenso modernen Einbauküche, die à la US-Haushalt im Wohnzimmer integriert war. Nach ein paar Minuten, in denen Jean-Claude mit sich selbst gesprochen und sich Muscle-Shirt und Boxershorts angezogen hatte, kam er mit drei duftenden Tassen frisch gebrühten Espressos zurück.

Ich erblickte die handgeschriebene Rechnung eines Juweliers namens Assenmacher aus Kerpen. Was ich dort las, verschlug mir den Atem: *Cartier-Armbanduhr – 7.150,- DM.* Die Rechnung war auf den 23. März 1994 datiert. Es schien fast, als habe Jean-Claude die Quittung absichtlich auf dem gläsernen Couchtisch liegen lassen, damit sie jeder sehen konnte.

Wir redeten ungefähr anderthalb bis zwei Stunden mit Jean-Claude, alles in allem schien er den ersten Schock überwunden zu haben. Er machte sich zwar nach wie vor die schlimmsten Vorwürfe – sagte er jedenfalls, doch so recht wollten Marcel und ich ihm das nicht abnehmen. Buir war viel zu borniert und egozentrisch, um am Schicksal anderer Menschen aufrichtig teilhaben zu können. Diese Erkenntnis bestärkte mich in meinem Wunsch, schnellstmöglich wieder zu verschwinden. Jean-Claudes mangelndes Interesse am Tod seines Streifenpartners war daran erkennbar, dass er nach einigen geheuchelten Selbstmitleids- und Beileidsbekundungen über das Unglück, dass die gesamte Wache Kalk aus der Bahn geworfen hatte, zu trivialen Dingen wie den neuesten PC-Spielen und dem Ausscheiden der deutschen Elf am Vortag überging. Nur aus gespielter Höflichkeit fragte er beiläufig, wie ich zu dem Pflaster an meinem Hinterkopf gekommen war, worauf ich ihm jedoch keine Antwort gab. Ich warf Marcel einen Blick zu. Es war offensichtlich, dass er auch lieber jetzt als gleich hier raus wollte. Also verabschiedeten wir uns.

Leider bestand Jean-Claude darauf, uns noch zum Auto zu bringen und ließ es sich natürlich nicht nehmen, vor uns mit seinem neuen Alfa 155 zu protzen, der in der Auffahrt stand. Schadenfroh bemerkte ich, dass der Wagen aber schon durch einen langen, tiefen Kratzer verunstaltet wurde, der sich die ganze linke Seite entlang zog. Als ich

Jean-Claude gespielt bedauernd darauf aufmerksam machte, schnaubte er nur verächtlich. „Der pure Neid, Mann! Nur weil ich so 'nem Typen ein paar Scheine geschuldet hab. Echt keine große Sache, aber einige Leute müssen's eben immer übertreiben. Aber was meint ihr, echt 'ne geile Karre, oder?"

Ich spürte, wie sich mein Magen zusammenzog und drängte Marcel zum Aufbruch. Jean-Claudes Protzerei war einfach unerträglich. Als ob Geld alles wäre. Der Tod seines Kollegen bedeutete ihm anscheinend nicht das Geringste. Dieser Besuch hatte auf seltsame Weise die Wunde wieder aufgerissen, die Michis Tod bei mir hinterlassen hatte.

Der dienstfreie Wochenbeginn verlief ohne besondere Vorkommnisse. Aber meine Gedanken kreisten bereits um ein bevorstehendes Ereignis, vor dem mir graute: Michis Beerdigung.

5. Kapitel: Abschied

**Friedhof Worringen, Hackhauser Weg,
50769 Köln-Worringen,
Mittwoch, 13. Juli 1994, 13:00 Uhr**

Als Marcel und ich zeitgleich gegen halb zwölf in der Hauptwache Kalk ankamen, herrschte dort eine angespannte Stimmung. Michis Beerdigung vor Augen, fühlten wir uns alle bedrückt. Wie kurz nach der Tat hatte eisiges Schweigen vom Dienstgebäude an der Kapellenstraße Besitz ergriffen. Marcel und ich hatten uns neben Hartmut, Franky, Lothar und Jean-Claude dazu bereit erklärt, Michis Sarg zu tragen. Selbst Jean-Claude, der uns vorgestern so genervt hatte, blieb stumm und nachdenklich, als wir Sargträger uns im Umkleideraum versammelt hatten und den Dienstanzug mit Krawatte, grüner Mütze und grüner, messingknopfverzierter Uniformjacke anzogen. Da der Dienstbetrieb aufrechterhalten werden musste, wurden wir sechs nur noch von unserem Inspektionsleiter Müllenbach und dem Leiter der Hauptwache, dem Ersten Polizeihauptkommissar Ernst Schmallenberg, begleitet.

Auf der Fahrt zum Worringer Friedhof sagte keiner ein Wort. Wir saßen beengt auf den hässlichen braunen Sitzen des alten VW-Bullis und hingen unseren eigenen Gedanken nach.

Ich war froh, als wir nach gut einer halben Stunde an der

Ruhestätte des nördlichsten Kölner Stadtteils angekommen waren. Ich öffnete die Schiebetür des Kleinbusses und trat an die frische Luft. Die Sonne brannte auf meiner Haut und erhitzte spürbar den dicken, kratzigen Stoff meiner unbequemen Uniform. Einige Fernsehübertragungswagen und genauso viele um die Wette schnatternde Reporter nahmen uns in Empfang. In den vergangenen Tagen war der Mord an Michi in den Medien allgegenwärtig, die große Anteilnahme der Öffentlichkeit hatte uns alle in Erstaunen versetzt. Schnellen Schrittes und die geschmacklos neugierigen Presse-Aasgeier mit Verachtung strafend machte ich mich mit dem Rest unserer kleinen Inspektionsdelegation auf den Weg zu der Menschenmenge, die sich vor der Trauerhalle des Friedhofs versammelt hatte. Es roch nach abgestandenem Blumenwasser und Kerzenwachs.

Neben einigen in schwarz gekleideten Bürgern sowie unzähligen uniformierten Kollegen konnte ich eine große Gruppe zumeist älterer Männer ausmachen, die eine jägerähnliche Uniform mit einer Art Tirolerhut trugen. Darüber hinaus trugen sie stolz eine Reihe von Orden und Ehrenzeichen zur Schau, die auf den viel zu engen, grünen Uniformjacken befestigt waren. Michis Schützenverein war also ebenfalls angetreten, um ihm die letzte Ehre zu erweisen.

Ein älteres, in schwarz gekleidetes Ehepaar, dem der Schmerz und die Trauer im Gesicht geschrieben stand, unterhielt sich mit dem Pfarrer. Eine junge Blondine, die einen für diesen Anlass viel zu kurzen Rock trug, hielt die weinende ältere Frau im Arm. Wie sich später herausstellte, hatte ich Michis Eltern und seine Verlobte Nicole Nelleßen entdeckt.

Zur Trauergesellschaft gehörten auch der damalige Landesinnenminister Herbert Schnoor, der nordrhein-westfälische Inspekteur der Polizei sowie der „frischgebackene" Polizeipräsident Roters.

Irgendwann ertönte aus dem Innenraum des Trauersaals Orgelspiel, der Pfarrer zog mit seinen Messdienern – gefolgt von Michis nächsten Angehörigen, einer kleinen Abordnung des mitgliederreichen Schützenvereins sowie der Gruppe um den Innenminister und den Polizeipräsidenten – in das Gebäude. Zum Schluss betraten wir unter den neugierigen Blicken der Trauergemeinde den Saal. Ich musste schlucken, als ich den Holzsarg erblickte, der mit der grün-weiß-roten Dienstflagge des Landes Nordrhein-Westfalen und Michis grüner Schirmmütze bedeckt und von vielen bunten Kränzen eingerahmt war. Nach der Anzahl der Kränze zu urteilen, musste Michi einen großen Bekanntenkreis gehabt haben. Wir machten an beiden Seiten des Sarges halt.

Der Pfarrer hielt eine ergreifende Rede, drückte sein Bedauern über das Ableben des jungen Mannes aus, sagte aber gleichzeitig, dass jede Zeit der Trauer auch eine Zeit der Dankbarkeit für die Bekanntschaft mit dem Verstorbenen sein sollte. Er forderte alle auf, sich an die schöne Zeit, die man mit Michi verbracht hatte, zu erinnern und dafür

Gott zu danken. Beim Anblick des Leids, das Michis Tod vor allem über seine Angehörigen gebracht hatte, wurde der Kloß in meinem Hals immer größer. Marcel ging es ähnlich, betrübt blickten seine Augen ins Leere.

Nach der Trauermesse ging der Pfarrer mit den beiden Messdienern voran, die Trauergemeinde erhob sich. Unabgesprochen synchron setzten wir sechs die Dienstmützen auf und hoben zeitgleich den Sarg an. Mit bedächtigem Tempo trugen wir Michi nach draußen. Dabei gingen wir so vorsichtig vor, als hätten wir Angst, unseren Kollegen zu verletzen. Ich hörte, wie Michis Mutter, die mit ihrem Mann und Nicole Nelleßen unmittelbar hinter dem Sarg ging, laut schluchzte.

Wir ließen den schweren hölzernen Sarg mit Hilfe von Seilen vorsichtig in die Erdgrube ab. Inspektionsleiter Müllenbach, Polizeipräsident Roters und Innenminister Schnoor hielten eine kleine Grabrede, ebenso Michis Vater, der vor lauter Schluchzen kaum ein Wort herausbrachte und von seiner Frau und Nicole Nelleßen gestützt werden musste. Er erzählte der Trauergemeinde, dass sein Sohn immer schon Polizist werden wollte und bedauerte zutiefst, dass dieser Wunsch jetzt zu dessen vorzeitigem Tod geführt habe.

Schließlich begann der Pfarrer, mit einer kleinen Schaufel Erde auf das Grab zu werfen. Die übrigen Trauergäste taten es ihm gleich. Zusätzlich bedeckten sie den Sarg mit Rosen. Als Nicole an der Reihe war, kniete sie nieder, fasste sich ans Herz und hauchte ein „Ich liebe dich!“ in

Richtung des Sargs. Sie warf ihrem nicht länger unter den Lebenden weilenden Verlobten eine Kusshand zu und ließ eine langstielige rote Rose in das Grab fallen.

Irgendwann waren wir, seine Kollegen, an der Reihe. Ich sagte einfach nur „Mach's gut, Kollege!" und legte meine rechte Hand zum Gruß an den Lackschirm meiner Mütze. Danach ging ich zu Michis Eltern. Ich reichte beiden die Hand. „Mein herzliches Beileid. Ihr Sohn war wirklich ein sehr netter Kollege."

„Vielen Dank, Herr – wie ist Ihr Name?" Frau Schmitz, eine Warmherzigkeit nur so ausstrahlende Frau, schaute mich mit großen, rot-verweinten Augen an.

„Peter Merzenich. Ich kannte Ihren Sohn zwar erst ein paar Monate, aber trotzdem war er mir ziemlich ans Herz gewachsen. Mein aufrichtiges Beileid!"

„Es wäre schön, wenn Sie und Ihre Kollegen gleich noch zum Leichenschmaus in die Wirtschaft von Nicoles Eltern mitkommen – zumindest Sie als seine direkten Kollegen. Wir haben schließlich nicht damit gerechnet, dass so viele Kollegen vorbeikommen, um Michi die letzte Ehre zu erweisen", stellte sie verwundert fest.

Fragend sah ich Hartmut, der neben mir stand, an. Er nickte stumm. „Selbstverständlich. Es ist uns eine Ehre".

Nachdem ich schließlich noch Michis Verlobter mein Beileid ausgedrückt hatte, machte ich mich mit den übrigen fünf Sargträgern auf den Weg zu unserem alten VW-Bus.

Ich sah Jean-Claude, der pausbäckig Luft ausstieß. Während der Rest der Truppe immer noch betroffen schwieg, hatte Jean-Claude wieder zu seiner alten, äußerst fragwürdigen Form gefunden. Ich glaubte meinen Ohren kaum zu trauen, als dieser Kerpener Bauernsohn bemerkte: „Ey, habt ihr die Alte vom Michi gesehen? Geiles Fahrgestell, was? Hätte ich dem nie zugetraut."

Die Zornesröte stieg mir ins Gesicht. Hartmut schüttelte nur den Kopf, Franky wandte sich angeekelt ab.

***

Wir fuhren mit der alten Klapperkiste in den von Worringen nur wenige Kilometer entfernten Stadtteil Fühlingen. Dort besaßen die Eltern von Michis Verlobter Nicole an der Neusser Landstraße einen Gasthof, das „Haus Nelleßen". Das kleine, gemütliche Fachwerkhaus lud mit seinem Flair geradezu zur Einkehr ein. Ich nahm neben Marcel an einem der Tische des überraschend geräumigen Festsaals Platz. Jean-Claude schien kapiert zu haben, dass weitere Kommentare von seiner Seite nicht länger erwünscht waren. Er schwieg. Am Kopfende des Saals hatten sich an einer schlicht-festlich dekorierten Tafel Michis Eltern sowie Nicole Nelleßen und deren Eltern niedergelassen. Die emsigen Bediensteten servierten Kaffee und Blechkuchen.

Ich bekam kaum einen Bissen des überdurchschnittlich guten Streuselkuchens runter, bestellte laufend neuen Kaffee, um den Kuchen, der in meiner Speiseröhre einen Stau verursachte, der dem Kölner Autobahnring alle Ehre gemacht hätte, hinunterzuspülen.

Nach der fünften Tasse schwarzen Kaffees machte sich dann meine Blase bemerkbar. Als ich mich auf der nach Klostein riechenden Toilette erleichtert hatte und mich vor dem Waschbecken frisch machte, hörte ich etwas durch die halboffene Tür, was mich aufhorchen ließ.

Eine Frauenstimme sagte offensichtlich erzürnt: „Was fällt dir ein, hier aufzukreuzen? Ausgerechnet heute?"

Eine jugendliche Männerstimme antwortete: „Du hast mir die Kohle versprochen! Ich will den Teil, der mir zusteht! So war's abgemacht! Und bisher hab ich nix von dem Geld gesehen!"

Hörbar sanftmütiger entgegnete die Frau: „Ja, du hast ja recht. Aber nicht hier und jetzt. Vertrau mir. Ich bescheiß dich nicht. Sobald ich das Geld habe, kriegst du deinen Anteil. Ehrenwort!"

Die Neugier hatte mich gepackt. Ich öffnete die Tür des Toilettenvorraums so weit, dass ich unbeobachtet hinausschauen konnte. Ich erblickte den dunklen Flur, der durch die geöffnete Hoftür mit Tageslicht erhellt wurde. Im Türrahmen konnte ich eine junge Frau Mitte zwanzig mit blonder Dauerwellenfrisur, tief dekolletiertem schwarzem Top und einem hautengen schwarzen Minirock ausmachen: Nicole Nelleßen.

Worum ging es in diesem Streit? Klar: um Geld, das Nicole diesem Typen für irgendwas versprochen hatte. Aber warum kreuzte er ausgerechnet auf Michis Beerdigung auf? Und weshalb hatte sie diesem Kerl Geld versprochen?

Ich wollte die Tür noch weiter öffnen, um Nicoles Gegenüber in Augenschein nehmen zu können. Dabei knarrte allerdings die alte Toilettentür, Nicole blickte in meine Richtung, ich musste mich blitzschnell zurückziehen, um nicht entdeckt zu werden. Sie sah mich Gott sei Dank nicht. Nach einigen Sekunden traute ich mich wieder, hinter der Tür hervorzugucken. Nicole stand immer noch da.

„Also. Ich melde mich, sobald ich das Geld habe, okay? Und jetzt geh lieber, bevor dich noch jemand sieht. Tschüss!"

Sie ergriff die Hand ihres Gegenübers, den ich immer noch nicht sehen konnte.

Diese Hand hatte eine riesige auffällige Tätowierung in der Form eines Spinnennetzes. Ich konnte mich entsinnen, das nicht alltägliche Muster an dieser ungewöhnlichen Stelle bereits irgendwo mal gesehen zu haben. Bloß wo? Ohne Nicole Nelleßen zu antworten, ging die von mir unentdeckt gebliebene Gestalt hörbar eiligen Schrittes vom Hof. Nicole schloss die Hoftür von innen, sie war auf dem Rückweg in den Saal. Ich entschied mich, ihr nach einiger Zeit zu folgen. Was war das eben für eine kuriose Szene? Ich hätte zu gerne gewusst, worum es in der Unterhaltung, deren unfreiwilliger Zeuge ich soeben geworden war, ging.

Inzwischen war die Trauergemeinde – hör- und sichtbar erheitert – dazu übergegangen, auf das Wohl des Verblichenen das eine oder andere Gläschen zu trinken. Der mit Orden behangene, schweinsäugige Vorsitzende des Schützenvereins erzählte seinen gebannten Tischnachbarn

– darunter der wie ausgehungert Kuchen futternde und Rotwein trinkende Geistliche – wie er anno 1944 als Hitlerjunge in der Eifel einen anrückenden US-Panzer mit der Panzerfaust abgeschossen und sich dabei vor Angst in die Hose gemacht hatte. Da ich nicht in der Stimmung war, mir diese Geschichten weiter anzuhören, beeilte ich mich, wieder an meinen Tisch zu kommen. Marcel sah mich fragend an. „Wo warst du so lange?"

„Toilette", antwortete ich, ohne auf meine dortige Beobachtung einzugehen. Ich blickte in die Runde. Alle saßen sichtlich nachdenklich und schwermütig an dem weiß gedeckten Tisch, selbst Jean-Claude hatte sein loses Mundwerk im Zaum.

Wie aus heiterem Himmel schlug Hartmut nach ein paar weiteren Minuten mit der Faust auf den Tisch. „Leute, wir waren jetzt lange genug hier. Lasst uns zurück nach Kalk fahren!"

„Jebongt, det is jenau meene Denke, Hartmut", pflichtete ihm Franky bei.

Wortlos erhob sich der Rest der Truppe. Wir verabschiedeten uns von Michis nächsten Angehörigen und fuhren zurück zur Hauptwache. Wir beeilten uns, aus dem unbequemen Dienstanzug herauszukommen. Obwohl unser Spätdienst eigentlich noch mehrere Stunden gedauert hätte, schickte uns Hartmut nach Hause. Die ganze Zeit über kreisten meine Gedanken um die Szene, die sich zwischen Michis Verlobter und dem Unbekannten mit der kuriosen Tätowierung abgespielt hatte.

Als schließlich nur noch Marcel und ich im Umkleideraum waren, berichtete ich ihm von meiner Beobachtung auf der Toilette des Gasthofs. „Hm, seltsame Sache, da geb ich dir recht. Und du bist dir sicher, dass du diese Tätowierung schon mal gesehen hast?"

„Ich kann's nicht beschwören, aber ich glaube es zumindest."

Marcel verschloss die Tür seines Spinds. „Aber vergiss nicht, alter Freund: Wir haben schon genug Ärger am Hals!", schloss er mahnend. Ich nickte zustimmend.

„Hast ja recht. Wahrscheinlich war ich einfach mal wieder zu neugierig.

***

Als ich die Tür zu meiner Wohnung aufschloss, strömte mir der Duft von Braten mit Rotkohl und Klößen entgegen. Caroline war wirklich eine ausgezeichnete Köchin, das hatte ich in den paar Tagen, die wir jetzt unter einem Dach verbracht hatten, feststellen können. Sie rannte auf mich zu und sprang in meine Arme. „Hallo Süßer, schön, dass du wieder da bist. Wie war's denn auf der Beerdigung?"

„Lass uns lieber nicht drüber sprechen. Ich bin froh, wieder bei dir zu sein."

„Aber du bist bestimmt nicht so glücklich darüber wie ich."

„Wetten...?" Ich zog Caroline ganz fest an mich und küsste sie. Sie führte mich in die Küche, die sie mit Kerzen und liebevoll gefalteten Servietten dekoriert hatte. Der Braten, den meine Liebste extra für mich auf den Tisch gezaubert hatte, schmeckte göttlich.

Irgendwann setzte sie sich auf meinen Schoß und umarmte mich. Sanft fuhr sie mit ihren zarten Fingern durch meine Haare. „Du, Pitter, ich hab mal 'ne Frage: Wann stellst du mich eigentlich deiner Mutter vor?"

„Wenn sie von der Kur in Bad Kissingen zurück ist. Das dauert aber noch zwei Wochen." Abschließend fragte ich sie, ob sie mich in zwei Wochen begleiten würde, wenn ich meine Mutter vom Hauptbahnhof abholte. Sie war direkt begeistert.

Danach verschwand sie im Wohnzimmer und kam mit hinter dem Rücken verschränkten Armen zurück. Verschmitzt lachte sie mich an. „In welcher Hand hab ich was?"

„Äh – keine Ahnung."

„Rat doch mal!"

„Na gut. In der – in der rechten. Nein, in der linken."

„Richtig geraten!" Sie zauberte ein liebevoll verpacktes, kleines Kästchen hervor. „Hier, für dich!"

„Aber warum?"

„Weil mir ein Mann wie du noch nie begegnet ist!"

Gespannt öffnete ich das geschmackvolle Geschenkpapier. Eine kleine blaue Pappschachtel kam zum Vorschein.

„Was ist das?"

„Mach's doch auf!"

Ich tat wie mir geheißen. Ein silbern glänzendes Zippo-Feuerzeug lag nun vor mir auf dem Küchentisch. Vorsichtig befreite ich es aus der wattierten Schachtel. „Aber – aber das – das war doch bestimmt teuer und…“

„Du bist so süß, echt. Ich konnte es einfach nicht mehr mit ansehen, dass du deine Zigaretten immer mit diesen billigen Einweg-Plastikdingern anzündest. Guck mal, da ist auch ’ne Gravur drauf!“ In geschwungenen Buchstaben war das Wort *CAROLINE* auf das kostbare Feuerzeug eingraviert. Ich freute mich wie ein Schneekönig.

6. Kapitel: Der Geistesblitz

Bertramstr. 41, 51103 Köln-Kalk, Donnerstag, 14. Juli 1994, 01:18 Uhr

Hein, der dicke 1. Brudermeister des Schützenvereins in der HJ-Uniform, feuerte seine Panzerfaust auf Arnold 18/32 ab. Jean-Claude sprang – mit Muscle-Shirt bekleidet – in letzter Sekunde aus dem explodierenden Wagen, Michi, der sich ebenfalls retten konnte, stürmte auf Hein zu und riss ihn zu Boden. „Warum hast du Arschloch dich auf meiner Beerdigung so daneben benommen?" „Weil deine Alte so 'n Hammerschuss ist", entgegnete der feiste Veteran. In diesem Moment packte ein junger Mann mit einem auf die rechte Hand tätowierten Spinnennetz Jean-Claude an der Schulter und sagte: „Mein Chef hatte wegen seiner Scheidung massig Schulden und wusste nicht mehr ein noch aus." Woraufhin Jean-Claude unwirsch entgegnete: „Boah, Alter, halt die Luft an! Du nervst ohne Ende. Kommt Jungs, wir gehen in meine Wohnung nach oben." Ich wollte mich gerade zu Jean-Claude begeben, als Mohammed, Jupps marokkanischer Türsteher, mit einem Springmesser in der Hand auf mich zugestürmt kam. „Hast du Problem, oder was? Ich mach dich fertig!", sagte er und rammte mir das Messer in die Brust. Ich stöhnte auf.

Nachdem ich meine Augen geöffnet hatte, wusste ich zunächst nicht, wo ich war. Es war stockfinster, in dem noch eingeschalteten Fernseher versuchte Al Bundy seiner zurückgebliebenen Tochter Kelly irgendetwas zu erklären. Sie verstand es natürlich nicht, was im Hintergrund zu lautem Lachen führte. Ich bemerkte, dass ich schweißgebadet war. Was war das für ein bescheuerter Traum, aus dem ich gerade erwacht war?

Ich richtete mich ein wenig auf, langsam kam die Erinnerung zurück. Ich hatte mich gegen elf mit Caroline auf die Couch im Wohnzimmer gelegt und war eingeschlafen. Ich hörte sie leise atmen, sie lag immer noch eingekuschelt neben mir. Der nächste Blick galt dem Leuchtzifferblatt meiner Uhr: 1:18. Ich hatte gerade mal zwei Stunden geschlafen bis ich durch diesen völlig hirnrissigen Traum wach geworden war. Worum ging es da überhaupt? Angestrengt versuchte ich, mich an Details des Traums zu erinnern.

Da war dieser Hein, der den Streifenwagen beschossen hatte. Infolgedessen war Michi auf ihn zugestürmt und hatte ihn gefragt, warum er sich auf der Beerdigung so daneben benommen habe.

Und dann war da der tätowierte Kerl, der Jean-Claude von den Schulden seines Chefs erzählte. Woraufhin der sagte – Moment mal!

Mir fiel schlagartig etwas ein. Den Satz des jungen tätowierten Mannes hatte ich wortwörtlich schon mal in der Realität gehört. Mein Hirn arbeitete auf Hochtouren. Ich konnte mich an den Zeitungsartikel aus dem Stadt-Anzeiger erinnern.

Na klar! Dieser Heiko Thomczyk, der Mitarbeiter von Michis Mörder Klaus Broicher, hatte in einem Interview verlauten lassen, dass sich sein Chef scheidungsbedingt bis über beide Ohren verschuldet hatte und nicht mehr weiter wusste.

Und schlagartig wurde mir auch klar, wo ich die seltsame Handtätowierung von Nicole Nelleßens Hinterhof-Gesprächspartner bereits gesehen hatte. Es war in Klaus Broichers Werkstattbüro, genauer gesagt auf dem Bild, das ihn und seinen jungen Mitarbeiter Arm in Arm zeigte. Die rechte Hand, die Thomczyk auf Broichers Schulter gelegt hatte, zierte ein Spinnennetz. Mir war das damals nicht bewusst aufgefallen, ich hatte es mir jedoch wohl unterschwellig gemerkt.

Aber was hatte Nicole Nelleßen mit dem Mitarbeiter des Mörders ihres Verlobten zu tun? Eine Frage, die mich nicht mehr einschlafen ließ. Da stank etwas ganz gewaltig. So viele Zufälle konnte es doch gar nicht geben. Ich zermarterte mir das Gehirn und lag den Rest der Nacht hellwach neben Caroline, die von alledem nichts mitbekam und seelenruhig schlief.

Eine Stunde, bevor der Wecker klingelte, stand ich um vier Uhr auf. Ich küsste Caroline von ihr unbemerkt auf die Wange, ging unter die Dusche und setzte mich in meinen Opel. Marcel und ich hatten an diesem Tag wieder Frühdienst, ich wollte ihn zu Hause abholen, um mit ihm in Ruhe über meinen Geistesblitz reden zu können.

Erich und Marcel standen immer äußerst früh auf. Als ich in der Heribertusstraße, einer kleinen Einbahnstraße im

Herzen von Deutz, ankam, sah ich, dass im ersten Stock des schmucklosen beigegrauen Hauses bereits Licht brannte. Es war kurz nach halb fünf.

Ich klingelte und ging ins erste Obergeschoss, Erich öffnete mir mit T-Shirt, Jogginghose und Badelatschen bekleidet die Wohnungstür. „Du?! Morgen, Pitter, was treibt dich denn so früh hier raus? Komm erst mal rein."

„Danke, Erich. Ich muss dringend mit dir und Marcel was bereden."

„Hast du schon gefrühstückt? Ich hab gerade Kaffee aufgesetzt."

„Da sag ich doch nicht Nein."

Ich folgte Erich in die gemütliche Küche. Im Radio lief Schlagermusik. Erich hatte den Tisch für seinen Sohn und sich bereits reichhaltig mit Käse, Schinken und Marmelade gedeckt. Eilig holte er jetzt eine dritte Garnitur. Ich freute mich auf das Frühstück mit meinen beiden Freunden. Als Marcel und ich noch zur Schule gingen, hatten wir das viel öfter gemacht.

Nach ein paar Minuten kam Marcel noch recht verschlafen im Bademantel zur Tür rein. Er war sichtlich überrascht, mich zu sehen. „Guten Morgen, alter Freund. Was machst du denn hier?"

„Ich hatte heute Nacht so etwas wie eine Eingebung. Das ließ mich nicht mehr einschlafen."

Marcel setzte sich zu uns, goss sich einen Becher mit dem duftenden Kaffee ein und schaute zuerst seinen Vater und dann mich fragend an. „Was meinst du damit?"

„Das wüsste ich jetzt aber auch mal gern“, pflichtete ihm Erich bei.

„Marcel, du kannst dich doch an die Szene gestern bei der Trauerfeier erinnern, von der ich dir erzählt habe, oder? Also das war folgendermaßen...“

Ich klärte Erich über den Vorfall auf, den ich von der Toilette des Gasthofes aus zwischen Nicole Nelleßen und dem unbekannten Tätowierten beobachtet hatte.

Gedankenversunken schüttelte Erich den Kopf. „Komische Sache, das muss ich zugeben. Hm. Ganz seltsam.“

„Und jetzt kommt der entscheidende Punkt, Leute: Haltet mich jetzt für bekloppt, aber ich hab heute Nacht so 'nen seltsamen Traum gehabt. Das war wie so 'n Geistesblitz. Jedenfalls weiß ich jetzt wieder, wo ich die Tätowierung schon mal gesehen habe. Marcel, kannst du dich an das Bild in Broichers Werkstatt erinnern?“

„Ja, aber nur flüchtig. Da war dieser Broicher mit seinem Mitarbeiter...“

„...Heiko Thomczyk, genau. Mir ist das damals gar nicht so bewusst aufgefallen, aber dieser Thomczyk hatte genau das gleiche Spinnennetz auf der Hand wie der Unbekannte von der Trauerfeier.“

Erich rieb sich das spitze Kinn und blickte seinen Sohn hilfesuchend an. „Das hast du dir gemerkt? Respekt! Aber wenn wir mal davon ausgehen, dass du recht hast...“

„Marcel, dieses Tattoo war so auffällig. Aber wir können das ja rausfinden. Fragen wir doch einfach Nicole Nelleßen und diesen Thomczyk, ob sie sich kennen.“

Erich schüttelte den Kopf. „Selbst wenn – was sollte das schon heißen? Ist doch nicht verboten, wenn sich zwei Leute kennen, oder?“

„Erich, ich bitte dich. So viele Zufälle kann's doch gar nicht geben. Die Verlobte eines getöteten Polizisten kennt den Gesellen des Mörders. Da ist doch was faul.“

Marcel nickte heftig mit dem Kopf und schaute seinen Vater ernst an. „Da muss ich dem Pitter recht geben. Ich würd das fast schon ‚oberfaul‘ nennen. Diese Nicole kam mir ohnehin komisch vor.“

„Ja, aber was wollt ihr denn machen? Selbst wenn da was hintersteckt – das ist Sache der Kripo. Ihr beide habt schon mal eure Kompetenzen überschritten. Und wenn ich euch mal dran erinnern darf: Ihr steht kurz vor einem Disziplinarverfahren. Lasst bloß die Finger davon! Ich geb euch 'nen guten Rat: Fahrt nachher zur Löwengasse zum KK 11. Da arbeitet mein alter Kumpel Gerd Hamann. Wie der Zufall es will, hat der Michis Tod bearbeitet. Was heißt bearbeitet, der hat im Endeffekt nur Jean-Claude und diesen Thomczyk abschließend vernommen – das war's. Der Fall war ja eindeutig. Bisher zumindest...“

Ich blickte zuerst Marcel und dann Erich an. „Aber interessieren dich die wahren Gründe für Michis Tod nicht?“

„Natürlich. Aber wie gesagt – das ist Sache der Kripo. Jungs, ihr tut euch damit keinen Gefallen, wenn ihr noch weiter auf eigene Faust ermittelt. Lasst da diesmal bitte die Finger von. Ihr habt doch schon 'nen heftigen Anschiss vom Müllenbach kassiert. Das müsste euch doch eigentlich Lehre genug gewesen sein, oder?“

Jetzt meldete sich Marcel zu Wort. Er atmete tief durch. „Papa, es ist mir ehrlich gesagt egal, ob ich mir Ärger einhandle.“ Kurz schaute er in meine Richtung, ich wusste, was nun folgen würde. Fast unmerklich nickte ich ihm zu. „Ich hab Michi quasi noch sterben sehen. Und wenn es für seinen Tod ’nen anderen Verantwortlichen gibt, will ich den auch selbst finden! Und außerdem –“, Marcel schluckte, „ich hör eh auf!“

Erich ließ sein Marmeladenbrot fallen, mit offenem Mund starrte er Marcel und mich an. „Wiederhol das noch mal, bitte: Du machst WAS?!“

„Ich höre auf, Papa. Ganz einfach. Das Kündigungsschreiben ist schon fertig.“

„Sag mal, bist du betrunken oder hast du Drogen genommen? Komm gefälligst zur Vernunft, Junge! Du bist Beamter auf Lebenszeit! Das gibt man doch nicht so einfach auf! Pitter, jetzt sag doch auch mal was!“

Aber ich hob nur beschwichtigend die Hände. Marcel sah seinem Vater fest in die Augen. „Ich war nie vernünftiger als jetzt. Dieser Beruf kotzt mich nur noch an. Ich wollte dir damals einen Gefallen tun, als ich in deine Fußstapfen getreten bin, wie ich es immer tun wollte. Aber es geht nicht mehr. Tut mir leid, wenn ich nicht deinen Erwartungen entspreche. Aber es reicht mir! Ich werde Wirtschaftsinformatik studieren. Meine Anmeldung fürs Wintersemester hab ich schon abgeschickt!“

Erichs Gesicht war kreidebleich. Ich hatte die Befürchtung, dass er jeden Moment umkippen würde. „Mensch, Junge, bist du dir ganz sicher?“

Marcel nickte stumm.

„Jetzt weiß ich nicht mehr, was ich sagen soll. Du bist ein sehr guter Polizist, ich bin so stolz auf dich. Aber wenn du es wirklich ernst meinst, werde ich dich natürlich nach allen Kräften unterstützen, mein Sohn." Jetzt hatte uns Erich überrascht. Sowohl Marcel als auch ich waren davon ausgegangen, dass Erich einen Aufstand machen würde. Aber diese Reaktion hatten wir beide nicht erwartet. Erich und Marcel umarmten sich kurz.

Dann richtete Erich sein Wort an uns beide: „Was ist jetzt mit eurem Alleingang? Wollt ihr das tatsächlich durchziehen? Pitter, dir sollten die möglichen Konsequenzen nicht so egal sein. Schließlich willst du bei dem Verein noch Karriere machen – und das steht momentan eh schon mehr als auf der Kippe..."

„Schon, aber ich finde, das sind wir Michi schuldig. Außerdem wär das doch mal 'ne gelungene Abwechslung zum öden Streifendienst. Und der krönende Abschluss für Marcels und meine gemeinsame Zeit bei der Polizei."

Erich überraschte uns an diesem Morgen zum zweiten Mal. „Okay, Männer. Wenn ihr meint... Vielleicht – ich sage vielleicht – werde ich den Gerd mal besuchen und mit ihm rein ‚zufällig' über den Fall sprechen. Aber wenn mich jemand fragt: ich weiß natürlich nix von euren Ermittlungen..."

Marcel und ich schauten uns erneut überrascht an. Erich lächelte versöhnlich.

„Also dann, Männer: Lasst uns den Sesselfurzern von der ZKB mal zeigen, wie man so 'nen Fall löst! Diese feinen

Herren von der ‚Waidmarkt-Kripo' gehen mir mit ihrem Imponiergehabe ohnehin tierisch auf den Geist! Und außerdem interessiert's mich natürlich auch, wer den armen Michi auf dem Gewissen hat. Wichtig ist: die ganze Sache muss unter uns bleiben..."

In diesem Sinne fuhren wir drei gemeinsam zur Hauptwache in Kalk.

***

Nachdem Marcel und ich auf Arnold 18/32 unsere langweiligen Runden durch Kalk und Höhenberg gedreht hatten, besuchten wir Erich in seinem Büro. Er hatte seinen Kumpel Gerd Hamann vom KK 11 aufgesucht und tatsächlich einiges herausgefunden.

„Also, Leute, diese Sache ist doch interessanter, als sie auf den ersten Blick schien. Ihr erinnert euch an Klaus Broichers Abschiedsbrief?"

„Na klar, wir haben ihn schließlich gefunden."

„Was darin stand, dass er an Autoschiebereien beteiligt war, scheint zu stimmen. Im Rahmen der Ermittlungen hat mein Freund Gerd mit den Kollegen vom KK 23, dem Fachkommissariat für organisierten Diebstahl, Kontakt aufgenommen. Sie haben tatsächlich wegen Kfz-Diebstahls gegen ihn ermittelt. Aber die Beweise reichten noch nicht aus. Broicher soll wohl Kontakte zu einem polnischen Autoschieber namens Janosz Zgorzaleszki gehabt haben – 'ne große Nummer drüben in Polen. Man munkelt, dass Broicher die geklauten Karren für den Transport nach

Polen ‚reisefertig' gemacht hat. Sprich umlackiert, Fahrgestellnummern verfälscht und ‚saubere' Papiere besorgt. Mittelsmänner von diesem Zgorzaleszki wurden in den vergangenen Monaten bei Treffen mit Broicher hier in Köln beobachtet. Aber wie gesagt – Beweise, dass Broicher mit ihnen gemeinsame Sache machte, gab es bislang nicht."

„Wie passt Thomczyk da rein?", wollte ich wissen. Erich zuckte mit den Schultern.

„Keine Ahnung. Die Jungs vom 23er waren der Überzeugung, das Thomczyk mit der Sache höchstwahrscheinlich nichts zu tun hatte. Obwohl er auch kein unbeschriebenes Blatt ist. Der hat mehrere Jugendstrafen wegen Verstößen gegen das Betäubungsmittelgesetz gehabt. Ein Kleindealer und Fixer, nix Großes. Im Jugendknast hat er dann seine Lehre zum Kfz-Mechaniker gemacht. Der Job bei Broicher war wohl seine letzte Chance, auf den rechten Weg zurückzufinden. Scheint geklappt zu haben, Thomczyk hat sich seitdem nichts mehr zuschulden kommen lassen. Es scheint, dass er in Broichers Werkstatt nur seiner Arbeit nachgegangen ist."

„In diesem Zusammenhang -", wandte Marcel ein, „haben die Kollegen des KK 23 irgendeine Ahnung, wo sich Broichers mögliche ‚Umrüstungswerkstatt' befinden soll? Also, seine reguläre Werkstatt wäre mit ihrer zentralen Lage viel zu auffällig gewesen. Und über die Karren, die da rumstanden, würde sich jeder Autodieb nur kaputtlachen."

Erich schüttelte den Kopf. „Wie gesagt, das sind alles Vermutungen, die auf Broichers wiederholten Treffen mit Zgorzaleszkis Männern basieren. Man konnte ihm rein gar nichts nachweisen. Bis auf die Treffen halt. Wenn da wirklich was Wahres dran war, und davon ist ja aufgrund von Broichers Abschiedsbrief auszugehen, ist der Mann äußerst raffiniert vorgegangen."

„Und genau das stört mich", warf ich ein.

„Wieso?"

„Ein Mann, der so raffiniert vorgeht, dass man außer einem Verdacht nichts gegen ihn in der Hand hat, trifft sich nicht mit einem Komplizen auf 'nem Parkplatz, der direkt neben 'ner Hauptverkehrsstraße auf dem Präsentierteller liegt – auch wenn's dunkel ist. Die Gefahr, selbst nachts dort entdeckt zu werden, wäre viel zu groß. Außerdem würde ein Mann, der skrupellos genug ist, quasi vor den Augen der Polizei seine schmutzigen Geschäfte abzuwickeln und dabei so konspirativ vorgeht, dass man ihm nix nachweisen kann, sich doch nicht wegen eines Mordes selbst umbringen."

„Du vergisst aber, das Kfz-Diebstahl und Mord zwei verschiedene Paar Schuhe sind, Pitter. Zu einem Mord gehört noch einiges mehr, als nur die Bereitschaft, ein geklautes Auto umzuspritzen."

„Da muss ich Marcel recht geben. Das eine hat mit dem anderen nix zu tun."

„Leute, grundsätzlich geb ich euch ja auch recht. Aber dieser Broicher – wenn wir ihm die Teilnahme an Autoschiebereien unterstellen – hätte sich von vornherein anders verhalten. Für mich passt das alles nicht zusammen, tut mir leid."

Eine ganze Weile herrschte Stille in Erichs Büro. Man

konnte uns ansehen, dass unsere Köpfe rauchten. Irgendwann ergriff schließlich Marcel wieder das Wort. „Wenn ich's mir so recht überlege, glaube ich, dass Pitter mit seiner Einschätzung doch richtig liegt. Da scheint tatsächlich etwas nicht zu stimmen. Vor allem geht mir das Treffen dieser Nicole Nelleßen mit Thomczyk nicht aus dem Kopf. Das ist doch alles nicht normal."

„Meine Rede", warf ich zustimmend ein. Erich kratzte sich am Kinn und schaute nachdenklich Richtung Wand, an der ein Poster hing, das die komplette Mannschaft des 1. FC Köln samt Trainerstab und Betreuern der Saison 1993/94 zeigte. „Ich kann euch im Grunde genommen nicht widersprechen. Die ganze Sache stinkt zum Himmel. Also: Was schlagt ihr vor?"

Ich lehnte mich in meinem Besucherstuhl zurück und verschränkte die Arme im Nacken. „Wir sollten zunächst schnellstmöglich diesen Heiko Thomczyk und Michis Verlobte aufsuchen. Wo wohnt dieser Thomczyk überhaupt?"

Erich kramte aus seinen Schreibtischunterlagen umständlich ein DIN-A4-Blatt hervor, auf dem eine handschriftliche Notiz verfasst war. „Wartburgstraße 3 in Nippes. Nicht gerade die beste Wohngegend."

Ich nickte zustimmend. Nippes war ohnehin – was die Wohnqualität anging – in den letzten Jahren immer weiter auf der Beliebtheitsskala der Kölner gesunken. Erich stimmte unserem Vorhaben zu, obwohl er uns zu äußerster Vorsicht ermahnte.

***

Wir fuhren mit meinem Monza durch Kalk, über die Deutzer Brücke, die Rheinuferstraße, die Innere Kanalstraße und durch mehrere kleine Nippeser Einbahnstraßen, bis wir in der Wartburgstraße ankamen. Glücklicherweise fanden wir direkt vor Thomczyks Domizil einen Parkplatz, was aufgrund der beengten Platzverhältnisse in dieser Gegend von Köln alles andere als selbstverständlich war. In der Luft hing der Geruch von Knoblauch und angebranntem Fleisch, der Asphaltgehweg war mit diversen Kaufhausprospekten und ausgespuckten Kaugummis verziert. Ein paar Kinder lieferten sich mit ihren kleinen Mountainbikes Wettrennen auf der spärlich frequentierten Straße, vor einer Hauswand hingen türkische Jugendliche rum und diskutierten lautstark. Ein älterer Türke mit Strickkäppi und abgewetztem Sonntagsanzug polierte sorgsam den matten Lack seines in die Jahre gekommenen Ford Granada. Aus einem geöffneten Fenster drang orientalische Musik, eine Mutter schimpfte auf Türkisch mit ihrem weinenden Kind. Man fühlte sich hier nach Istanbul oder Berlin-Kreuzberg versetzt.

Das Haus, in dem Thomczyk wohnte, war äußerst sanierungsbedürftig. Der graue Putz des vierstöckigen Altbaus bröckelte, vor der Haustür lud ein ganzer Stapel durcheinandergewirbelter Zeitungsprospekte zum Einkauf bei einer großen Supermarktkette ein. Die acht Klingelschilder präsentierten sich in allen möglichen Varianten, einige waren auf einem Stück Pappe mit Filzstift geschrieben, andere wiederum mit Kugelschreiber auf weißem Papier.

Thomczyks Name war der einzige annähernd europäische auf dem Tableau. Ich sah Marcel kurz an und klingelte mehrmals bei dem Kfz-Mechaniker. Nichts tat sich. Die Gruppe Jugendlicher, die vorhin noch an der Hauswand lungerte, kam über die Straße und nahm meinen Opel in Augenschein. Ich hörte Sprüche wie „Geile Karre, Mann!“ oder „Boah, Alter, voll der coole Schlitten!“.

Aber das interessierte mich wenig. Ich wollte einfach nur in dieses Haus. Wie der Zufall es wollte, sprang die Haustür auf. Eine junge Türkin mit Kopftuch und dickem Wintermantel trat mit ihrem Rad fahrenden Sohn und einem großen Kinderwagen auf den Gehweg. Ich grüßte die Frau, die kaum Notiz von uns nahm, freundlich und trat mit Marcel in den dunklen Hausflur. Eine einsame, flackernde Glühbirne an der Decke sorgte für spärliche Beleuchtung. Wir machten uns auf die Suche nach Thomczyks Wohnung.

Im dritten Obergeschoss wurden wir fündig. Ein selbstgebasteltes Klingelschild mit Thomczyks Namen weilte verloren neben einer renovierungsbedürftigen Holztür.

Ich drückte auf die Türklingel. Mindestens fünf Minuten lang. Aber nichts rührte sich. Ich hämmerte jetzt mit der geballten Faust so stark gegen die Tür, dass ich Angst hatte, das morsche Portal würde nachgeben und mit einem kräftigen Rums zu Boden fallen. Es half jedoch nichts. Niemand öffnete uns.

Ich presste mein Ohr an die Tür, um Geräusche aus dem Inneren der Wohnung hören zu können. Das Einzige, was ich hörte, war Musik.

Ich schaute Marcel hilflos an und zuckte resigniert mit den Schultern. Wir wollten uns gerade wieder auf den Weg ins Erdgeschoss machen, als wir einen älteren Türken mit grau-weißem Bart und Schiebermütze am Treppenabsatz entdeckten. Er sah uns prüfend an.

„Wollen Sie zu Thomczyk?"

„Ja, wir wollten aber gerade wieder gehen. Der scheint uns nicht gehört zu haben oder ist gar nicht da. Jedenfalls läuft Musik in seiner Wohnung."

Der Mann schaute uns verdutzt an. „Wirklich? Das habe ich ja gar nicht gehört. Seit zwei Stunden warte ich auf ihn, er wollte mir beim Ausladen meiner neuen Waschmaschine helfen. Ich habe auch schon mehrmals geklingelt. Ich verstehe das nicht. Normalerweise ist der Heiko vollkommen zuverlässig. Und er achtet immer genau darauf, alle Elektrogeräte abzustellen, wenn er das Haus verlässt. Selbst wenn der nur mal in die Bäckerei oder zum Büdchen geht. Ich habe ihn deswegen schon oft aufgezogen. Sind Sie mit ihm befreundet?"

Ich schüttelte den Kopf. „Nein, aber wir wollten mit ihm sprechen. In einer ziemlich dringenden Angelegenheit."

Ich vermied es, zu erwähnen, dass Marcel und ich Polizeibeamte waren.

Der ältere Mann rückte seine Nickelbrille auf der Nase zurecht, atmete tief ein und sagte dann: „Mein Name ist Mustafa Yildirim. Ich bin hier der Hausmeister." Erst jetzt bemerkte ich, dass dieser Yildirim mit dem grauen Kittel wie der Prototyp eines deutschen Hausmeisters aussah. „Wissen Sie was? Diese ganze Sache kommt mir seltsam vor. Ich glaube, wir sollten mal nach dem Rechten sehen, oder was meinen Sie?"

Yildirim holte einen dicken Schlüsselbund aus der Kitteltasche und schloss die Wohnungstür auf. Die vergilbte Blümchentapete schien noch von seinem Vormieter zu stammen, der graue Teppichboden war mit eingetrockneten Flecken übersät. An der Dielenwand hing eine funktionsuntüchtige Kuckucksuhr direkt neben dem Hochglanz-Poster eines Ferrari Testarossa. In dieser Wohnung schien nichts zueinander zu passen. Wir arbeiteten uns durch den Flur, immer wieder rief Yildirim: „Hallo, Heiko! Wo steckst du?"

Aber Thomczyk blieb uns eine Antwort schuldig. Obwohl die Wohnung geschmacklos und ungemütlich eingerichtet war, war sie doch relativ ordentlich und gepflegt. Marcel und ich schauten uns in der Küche, dem Bad und dem Schlafzimmer um – allesamt äußerst geräumige Zimmer. Wir entdeckten zwar mehrere offensichtlich in letzter Sekunde vor dem Sperrmüll gerettete Möbelstücke, nicht jedoch den Kfz-Mechaniker.

Ich befand mich zusammen mit Marcel im Schlafzimmer und schaute gerade noch kopfschüttelnd auf einen primitiv zusammengezimmerten Kleiderschrank und ein Eisengestell-Feldbett, über dem ein großes Poster mit der New Yorker Stadtansicht bei Nacht thronte, als Yildirim im Nebenraum laut aufschrie. Mit beschleunigtem Puls rannten Marcel und ich in das nebenan liegende Wohnzimmer, dessen Fenster mittels eines alten lindgrünen Vorhangs vor dem Eindringen des Sonnenlichts abgeschirmt wurde.

Der aus den Fünfzigern stammende Ohrensessel, der den fensterseitigen Abschluss des Couchensembles bildete, beherbergte einen reglosen Körper, der alle viere von sich gestreckt hatte und dessen Kopf schlaff auf der Brust hing. Ich kannte dieses Gesicht von dem Bild aus Broichers Werkstatt und aus meinem Traum der vergangenen Nacht.

Es war Thomczyk.

Marcel und ich stürmten auf den Sessel zu und fühlten seinen Puls. Keine Regung. Ich rief den Notarzt an. Yildirim, der keinen Ton mehr hervorbrachte, verschwand geschockt und ohne ein Wort des Abschieds in seine Wohnung. Ich betrachtete Thomczyks Körper genauer. Der linke Ärmel seines Jeanshemdes war hochgeschoben, der Oberarm war mit einem abgewetzten Ledergürtel abgebunden, ein kleiner blutiger Einstich in der Armbeuge war sichtbar. Ich entdeckte auf dem Boden eine benutzte Spritze. „Marcel, es sieht ganz so aus, als habe sich Heiko Thomczyk den ‚Goldenen Schuss' gesetzt."

Marcel, der sich bislang im Raum genauer umgesehen hatte, trat nun neben mich. Nach einer Weile sagte er: „Bist du dir ganz sicher, dass er das selbst war?"

Ich überlegte und schaute mich um. Wir hatten schon öfter Wohnungen von Fixern aufsuchen müssen, aber so ordentlich wie diese war keine. Die meisten Drogensüchtigen wohnten entweder auf der Straße oder in den letzten Drecksbuden. Eigentlich lebten sie nur, um ihre

Sucht zu befriedigen. Aber so sah keine Wohnung eines Junkies aus. Ich erinnerte mich an Erichs Äußerungen zu Thomczyk, wonach dieser in seiner Jugend zwar mit Drogen in Kontakt geraten war, aber trotz allem noch mal die Kurve gekriegt hatte.

Als nächstes fiel mein Blick auf den Couchtisch. Wenn er sich den Schuss selbst gesetzt hätte, müsste hier theoretisch noch das Fixerbesteck rumliegen. Aber bis auf ein leeres Whiskyglas und eine halbvolle Flasche Jim Beam, eine Programmzeitschrift und eine stattliche Anzahl diverser Fernbedienungen war der Tisch leer. „Du hast recht, Marcel, es gibt da ein paar Indizien, die tatsächlich dagegen sprechen."

„Ganz recht. Aber das Entscheidende ist", Marcel trat neben Thomcyzks leblosen Körper, „er hat nur einen einzigen frischen Einstich am linken Oberarm. Ansonsten nur entsprechende Narben. Wenn er immer noch ein Fixer wäre, müsste sein Arm mit Einstichen übersät sein."

Marcel beugte sich über den Kfz-Mechaniker und schob auch den rechten Ärmel rauf. Auch auf diesem waren keine frischen Einstiche erkennbar.

„Du hast recht. Irgendwer hat das hier inszeniert. Aber was machen wir jetzt?"

„Ich ruf Erich an. Vielleicht weiß der Rat."

Marcel hatte den Telefonhörer gerade in die Hand genommen, als zwei Rettungssanitäter und ein Notarzt – begleitet von zwei uniformierten Streifenkollegen – ankamen.

Wir berichteten dem interessiert zuhörenden Notarzt

und den beiden Kollegen der PI 5 von unserem Verdacht. Uns war nicht ganz wohl bei der Sache, dass ausgerechnet zwei Polizeibeamte zugegen waren, die überdies sehr misstrauisch dreinblickten und nicht so recht wussten, was sie von der ganzen Sache halten sollten – schließlich war es ungewöhnlich, dass zwei Streifenbeamte in ihrer Freizeit einem Bewohner dieser heruntergekommenen Gegend einen Besuch abstatteten. Dementsprechend skeptisch nahmen sie unsere Aussagen zu Protokoll. Immerhin stimmte uns der Notarzt dahingehend zu, dass Thomczyk kein regelmäßiger Drogenkonsument gewesen sein konnte. Deshalb riefen die beiden Streifenbeamten die Kollegen der Kripo an. Marcel und ich schauten uns resigniert an. Schließlich war es jetzt zu spät, unseren neuerlichen Alleingang irgendwie zu „vertuschen". Die Tatortarbeit der Kollegen würde ihren Lauf nehmen – und uns dem Disziplinarverfahren noch näher bringen.

***

Etwa eine halbe Stunde später traf eine kleine Gruppe von Kripobeamten ein. Angeführt wurde der Trupp, der sofort begann, sich in der Wohnung umzuschauen und den noch anwesenden Notarzt zu befragen, von einem grauhaarigen Mann um die fünfzig mit Bauchansatz und Schnauzbart. Sein etwas jüngerer „Spannmann" sah uns durchdringend an und kratzte sich am Dreitagebart. Dabei kniff er die Augen so fest zusammen, dass die „Krähenfüße" in seinen Augenwinkeln gut sichtbar wurden.

Bei der Betrachtung der beiden musste ich innerlich schmunzeln und an die beiden identisch aussehenden Detektive Schulze und Schultze aus der Comicreihe „Tim und Struppi" denken.

Denn die beiden Kripokollegen, die uns nun gegenüberstanden, sahen sich nicht nur irgendwie ähnlich, sie trugen auch beide schwarze Lederblousons, wodurch sie auf hundert Meter als Zivilbeamte zu erkennen waren. Darüber hinaus hatten sie – wie ich im Laufe des Abends merken sollte – fast die gleichen, leicht nuschelnden und rheinisch gefärbten Stimmen.

„Hallo, Marcel, mein Junge, wie geht's dir?", fragte der Schnauzbartträger.

Ohne Marcels Antwort abzuwarten, wandte er seinen Blick in meine Richtung. „Und Sie müssen der Kollege Merzenich sein, habe ich recht?" Ich nickte nur.

„Ich bin Gerd Hamann. Das ist mein Kollege Uwe Hürtgen. Ich bin eben informiert worden, dass ihr den Toten gefunden habt. Was wolltet ihr überhaupt hier?"

Ich blickte Marcel kurz an. „Äh – wir wollten mit Thomczyk reden und..."

„Warum?", bohrte Hamann nach.

„Nun ja, wir hatten da noch so ein paar Fragen..."

Es war ein hilfloser Versuch von mir, uns aus dieser misslichen Lage zu retten.

Aber Hamann schien ein harter Hund zu sein. „Jungs, ich will ganz offen sein. Ihr könnt von Glück reden, dass ich mit meinem kompletten Bereitschaftsteam heute zufälligerweise länger im Büro war. Deshalb konnten wir auch anstelle der K-Wache direkt rausfahren. Ich weiß nämlich nicht, wie andere Kollegen reagieren würden, wenn sich ein paar Jungs von der ‚Trachtengruppe' in die Arbeit der Kripo einmischen und Sherlock Holmes spielen wollen. Ihr habt doch schon genug Ärger am Hals, oder?", sagte Hamann und rückte den Kragen seines gestreiften Polohemdes zurecht. Auch sein dicker Kollege schüttelte vorwurfsvoll den Kopf. Marcel und ich wussten gar nicht, was wir dem knallharten Kripomann darauf antworten sollten. Sicher, wir hatten uns wiederholt viel zu weit aus dem Fenster gelehnt – und die Kripo verstand überhaupt keinen Spaß, wenn sich „Streifenhörnchen" in ihre Arbeit einmischten. Aber schließlich ging es um den Tod eines unserer Kollegen.

Da die Kollegen nun mit der Spurensicherungsarbeit im Wohnzimmer begannen, gingen wir in die Küche. Nach einer Weile des Schweigens ergriff Kollege Hamann erneut das Wort, während sein Kollege Hürtgen ein abgegriffenes Notizbuch aus der Brusttasche seines karierten Hemdes hervorholte und uns durchdringend ansah. „Jetzt steht mal nicht so rum wie zwei begossene Pudel, sagt mir lieber, was ihr rausgefunden habt. Erich sagte, dass Thomczyks Tod wahrscheinlich auf ein Tötungsdelikt zurückzuführen sei."

Schweigen konnte uns nur noch schaden, also erzählten Marcel und ich von der seltsamen Unterredung zwischen Nicole Nelleßen und dem Kfz-Mechaniker Heiko Thomczyk. Und von den Indizien, die dafür sprachen, dass Thomczyk absichtlich eine Überdosis Heroin verpasst worden war. Diese Aussage ließen sich die beiden gebannt zuhörenden Kripokollegen von dem immer noch anwesenden Notarzt bestätigen.

Hamann kratzte sich am Kinn und schaute gedankenverloren zum Fenster hinaus, während Hürtgen wortlos und unentwegt in sein kleines Notizbuch schrieb. „Also wenn ihr wirklich recht habt, könnte man fast davon ausgehen, dass Nicole Nelleßen hinter dem Tod ihres Verlobten steckt und es keine Zufallstat war."

„So sieht's fast aus, Gerd", pflichtete ihm Marcel bei. „Vor allen Dingen gibt es einen weiteren Hinweis für die Verwicklung von Nicole Nelleßen in die ganze Sache. Als wir vorhin auf den Notarzt gewartet haben und ich mich ein wenig im Wohnzimmer umgesehen hab, ist mir direkt Thomczyks Taschenkalender in die Hände gefallen."

Marcel zeigte uns ein kleines gebundenes Büchlein, das er die ganze Zeit unbemerkt in den Händen gehalten hatte. Er blätterte hastig. Mit dem Zeigefinger deutete er auf eine per Bleistift eingetragene Notiz. Sie verwies auf einen Verabredungstermin am 23. Juni 1994. *18.30 Uhr, Rosenstock/Neusser Straße, NICKY* stand dort geschrieben. Dabei war der in Großbuchstaben geschriebene Name Nicky zusätzlich eingekreist. Wir drei schauten uns schweigend an.

Dann blätterte Marcel weiter. Neben diversen Arzt- und Arbeitsterminen war eine weitere Notiz vermerkt, auf die uns Marcel mit seinem Zeigefinger hinwies.

Es war der 7. Juli, ohne Notiz, jedoch mit zwei roten

Ausrufezeichen versehen und mehrmals unterstrichen – Michis Todestag. Ich schüttelte nur den Kopf. Marcel blätterte abermals um.

Für den heutigen Tag war ebenfalls ein Termin vermerkt, für halb elf vormittags. *NICKY bei mir!!!* stand dort. „Und Leute, was sagt ihr jetzt?"

Mit einem überlegenen Gesichtsausdruck blätterte Marcel die Seiten des Terminkalenders weiter um, bis er auf der hinteren Einbandseite angelangt war, auf der sich mehrere bereits leicht verblasste Fotos befanden, die offensichtlich aus Thomczyks Jugendzeit in den Achtzigern stammten. Marcel lenkte unsere Aufmerksamkeit auf eines der Bilder. Es zeigte Thomczyk als Jugendlichen Arm in Arm mit einem jungen Mädchen vor einer romantischen Alpenkulisse.

Marcel legte das Bild mit der Rückseite nach oben auf den Küchentisch. Hamann und ich beugten uns fast zeitgleich nach vorn. In Schulschrift stand darauf: *Schulabschlussfahrt Berchtesgaden, 16.04.1986 – NICKY + HEIKO = BIG LOVE FOREVER!!!*

Bei genauerer Betrachtung konnte man erkennen, dass das grell geschminkte Mädchen neben Thomczyk die Verlobte unseres toten Kollegen, Nicole Nelleßen, war.

Ich hielt die Stille nicht mehr aus: „Wir wissen also jetzt, dass Nicole Nelleßen, die Verlobte unseres Kollegen Michi, die Jugendliebe von Heiko Thomczyk war. Darüber hinaus wissen wir, dass Thomczyk mit einem beziehungsweise einer Nicky zwei Wochen vor den tödlichen Schüssen auf den armen Michi einen Termin hatte. Diesen oder diese Nicky wollte er heute um halb elf wieder treffen. Und der Notiz des Bildes zufolge hat er Nicole Nelleßen ‚Nicky' genannt. Wir können also davon ausgehen, dass er den Termin am 23.06. und heute mit Nicole hatte. Bemerkenswert ist außerdem, dass Thomczyk Michis Todestag in seinem Terminkalender auffällig markiert hat."

Gerd Hamann, sein Kollege Uwe Hürtgen und mein Freund Marcel hatten mir gebannt zugehört. Jetzt ergriff erstmals Hürtgen das Wort. „Was uns unweigerlich zu dem Schluss führt, dass Thomczyk für die tödlichen Schüsse auf Michael Schmitz verantwortlich ist oder wenigstens daran beteiligt war. Also war Schmitz' Tod von vornherein geplant?"

„So sieht's fast aus, ja", sagte ich.

Marcel unterbrach mich abrupt. „Entschuldige – das klingt zwar alles ganz einleuchtend, aber mir wollen ein paar Details noch nicht so ganz in den Kopf: Erstens: Woher wusste Thomczyk, wo er Schmitz treffen könnte, um ihn zu töten? Zweitens: Was ist mit Broichers Selbstmord und Geständnis? Und drittens fehlt mir schlicht und einfach das Motiv."

Ich räusperte mich. Aus den Augenwinkeln konnte ich erkennen, dass ich von Hamann, Hürtgen und Marcel mit durchdringenden Blicken unter die Lupe genommen wurde.

„Das will ich dir gern erklären. Zu Punkt 1: Die Treffen mit Nicole Nelleßen am 23.06. und auf Michis Beerdigung deuten darauf hin, dass Michis Verlobte und ihr Exfreund den Coup gemeinsam geplant haben. Und der Verlobten eines Polizisten ist dessen Dienstplan nun mal bekannt. Sie musste Michi nur fragen, in welcher Gegend er an diesem Tag Dienst hatte und dann einen Anruf fingieren, um die Streife zu dem tödlichen Treffpunkt zu lotsen."

Ich wandte mich an Kriminalhauptkommissar Hamann: „Der Anruf, aufgrund dessen die Kollegen Buir und Schmitz zu dem verdächtigen Fahrzeug auf dem Waldparkplatz gerufen wurden, ging in der Leitstelle doch anonym ein, oder?"

„Ja. Der Anrufer – es war übrigens ein Mann – sagte, er wolle seinen Namen nicht nennen, um ‚in nichts mit hineingezogen zu werden'. Ja, genauso hat er sich ausgedrückt. Aber wir konnten den Anruf natürlich zurückverfolgen. Er kam aus einer Telefonzelle am Herler Ring, ganz in der Nähe zur Kreuzung Wichheimer Straße – also nicht allzu weit vom Tatort entfernt."

„Gehen wir mal davon aus, dass Thomczyk unsere Kollegen verständigt hat. Er musste nur auf dem Parkplatz in dem Abschleppwagen auf das Eintreffen unserer Kollegen warten, einen günstigen Moment abpassen und Michi erschießen. Das war zwar nicht ganz ohne Risiko, aber aus der Deckung des Fahrzeugs konnte er von den Kollegen auch nicht gesehen werden. Und die Sache mit Broichers Geständnis und Selbstmord: Wer sagt uns, dass Thomczyk vor oder nach der Tat – genug Zeit eingerechnet – Broicher nicht umgebracht hat und es wie einen Selbstmord aussehen ließ? Und zum dritten Punkt deiner Frage: Es könnte zwei Motive geben. Erstens, dass Thomczyk diese Nicole immer noch liebte und zweitens – Geld... Wie du dich erinnern kannst, hat Thomczyk auf der Beerdigung Nicole Nelleßen nach dem Geld gefragt, das sie ihm versprochen hatte. Alles klar?"

„Einleuchtend ist das schon, Pitter, aber für meinen Geschmack ein wenig zu konstruiert. So was passiert doch nur in schlechten Hollywoodfilmen."

„Und warum wurde Thomczyk dann jetzt offensichtlich umgebracht? Tut mir leid, aber ich finde die Geschichte nur logisch."

Hamann legte den Zeigefinger auf die Lippen und dachte nach. Dann räusperte er sich. „Marcel, was dein Kollege da sagt, finde ich zwar auch ein wenig konstruiert, aber trotzdem nicht ganz von der Hand zu weisen. Es wäre die sicherste Art, einen Streifenpolizisten geplant umzubringen – als Kurzschlusshandlung eines auf frischer Tat ertappten Kriminellen getarnt. Am besten wird's sein, wenn wir Nicole Nelleßen einfach mal aufsuchen. Was sagst du, Uwe?"

Hürtgen zuckte mit den Schultern und ließ sich mit seiner Antwort sehr viel Zeit. „Könnte was dran sein", war alles, was er nach einer unangenehm langen Bedenkzeit zu unserem Gespräch beitrug, während er sich mit seiner Hand durch eine weiße Strähne seines Haares fuhr.

Hamann blickte uns prüfend an. „Männer, ich geb's nicht gern zu - aber ihr zwei seid gute Ermittler. Auch wenn ihr zur ‚Trachtengruppe' gehört... " Wir lachten.

Unvermittelt verdüsterte sich Gerds Miene. „Aber jetzt ist Schluss! Den Rest übernehmen wir. Es geht nicht an, dass ihr zwei euch dauernd in unsere Arbeit einmischt! Jetzt geht nach Hause – bevor ich's mir anders überlege und euch einen gewaltigen Anschiss verpasse!"

Niedergeschlagen verabschiedeten wir uns und gingen zu dem alten Monza.

„Und jetzt?", fragte Marcel. Ich zögerte nicht lange: „Jetzt statten wir Nicole Nelleßen einen Besuch ab – sonst kommt uns am Ende die Kripo noch zuvor!"

Marcel sah mich völlig entgeistert an. „Bist du denn völlig verrückt? Du hast Gerd doch gehört. Das klang nicht so, als ob der uns nur einschüchtern wollte. In meinen Ohren meinte der das bitterernst!"

Aber ich blies nur verächtlich Luft aus. „Und wenn schon. Wir haben uns doch eh weit aus dem Fenster gelehnt. Da kommt's auf 'nen weiteren Fehltritt eh nicht mehr an. Und außerdem: Wir werden ja wohl die Verlobte und die Eltern unseres toten Kollegen mal besuchen dürfen, um zu fragen, wie es ihnen geht?"

Marcel schüttelte resignierend den Kopf. „Oh Mann, auf was hab ich mich da nur eingelassen? Na dann – auf nach Worringen!"

***

Michi Schmitz und seine Verlobte bewohnten eine Einliegerwohnung im Haus von Michis Eltern in der Worringer Straße Lievergesberg. Es war halb sieben, als Marcel und ich an dem gemütlichen alten Ziegelsteinhaus eintrafen. In der Auffahrt Richtung Garage konnten wir Michis Vater entdecken, der trotz des unaufhörlichen Regens seinen grauen Ford Sierra Turnier mit viel Hingabe polierte. Ich räusperte mich, Herr Schmitz drehte sich um und musterte uns, wobei er die Augen zusammenkniff, als könne er nicht besonders gut sehen. Auf der sonnengegerbten Haut des älteren Mannes perlten Regentropfen ab. „Sie wünschen, meine Herren?", knurrte er uns entgegen.

„Mein Name ist Koslowski, das ist Herr Merzenich. Wir waren Kollegen Ihres verstorbenen Sohnes."

Michis Vater rückte seine kleine Nickelbrille auf der Nase zurecht und putzte seine Hände an dem verblichenen Karohemd ab. „Ach, waren Sie nicht auf Michis Beerdigung? Ich glaube, mich an Sie erinnern zu können."

„Ja, genau, da erinnern Sie sich richtig. Wie geht es Ihnen denn?" Meine Frage war aufrichtig gemeint. Mit versteinerter Miene schaute Herr Schmitz zu Boden. „Wissen Sie, es muss irgendwie weitergehen. Aber ich weiß nicht, ob wir das je verkraften werden. Kommen Sie doch erst mal rein."

Schmitz bat uns in das alte Wohnhaus, dessen Innenraum ein wenig müffelte. Die Einrichtung war gutbürgerlich bis spießig. Über den Flur, dessen Wände mit einer Rehe und Hirsche zeigenden Tapete verziert waren, traten wir in die gemütliche Küche, auf deren Eckbank Frau Schmitz unter einem Hirschgeweih saß und strickte. Ihr Blick war ebenso leer wie der ihres Mannes. Frau Schmitz sah auf und lächelte uns gequält an. „Guten Tag, die Herren. Ich kenne sie doch?" „Ja, guten Tag Frau Schmitz, wir sind Kollegen Ihres Sohnes. Mein Name ist Merzenich, das ist Herr Koslowski."

„Stimmt, wir haben uns auf der Beerdigung gesehen. Schön, dass Sie vorbeischauen."

Nach einer Weile der allgemeinen Konversation, in deren Verlauf sich das Ehepaar Schmitz nochmals für die rege Anteilnahme von Michis Kollegenschaft bedankte und Herr Schmitz immer wieder bedauerte, dass sein Sohn nicht die jahrzehntelang in Familienbesitz befindliche Schreinerei übernehmen wollte, fragten wir letztlich nach Nicole Nelleßen.

Ich merkte, wie sich Frau Schmitz' Miene zusehends verdüsterte. „Ach, keine Ahnung, wo die sich wieder rumtreibt. Die ist seit heute Morgen ununterbrochen unterwegs. Die Madame hält's ja nicht für nötig, uns Bescheid zu sagen. Ist das denn so wichtig?"

Ich versuchte, Frau Schmitz mit unserem Verdacht nicht zu beunruhigen. Also erfand ich eine Notlüge. „Äh, nein, wir wollten nur mal nach ihr sehen - wie's ihr so geht."

„Das ist bei dieser Person doch vergebliche Liebesmüh. Wenn Sie mich fragen, hatte dieses durchtriebene Ding unseren armen Michi nicht verdient."

„Wie meinen Sie das?", hakte Marcel nach.

Herr Schmitz blickte seine Frau kurz an und antwortete: „Ganz einfach: Diese Nicole hat unseren armen Jungen doch ausgenommen wie eine Weihnachtsgans. Von Liebe konnte da jedenfalls keine Rede sein. Dauernd musste sie die neuesten Klamotten haben. Stellen Sie sich mal vor: Vor ein paar Monaten bat uns Michi um die vorzeitige

Auszahlung seines Erbteils, weil seine liebe Verlobte unbedingt ein Cabrio haben wollte! Von ihren Eltern kann sie seit Längerem keinen Pfennig mehr erwarten. Die haben sich mit ihrem Gasthaus ziemlich verkalkuliert und schreiben nur noch rote Zahlen. Unser Michi war so sparsam. Er ist jeden Tag mit der Bahn zum Dienst gefahren – oder hat sich unseren Wagen geliehen. Der hatte gar kein Auto. Aber die ‚feine Dame' musste natürlich ein ‚standesgemäßes' Auto haben. Die hat doch nichts als Geld und Luxus im Kopf. Und unser Michi war so naiv, auf diese Person reinzufallen. Der hätte das letzte Hemd für sie gegeben. Und das bei seinem mickrigen Gehalt. Der war ihr richtig verfallen. Glauben Sie mir, die weiß, wie man Männer um den Verstand bringt!"

Herr Schmitz schüttelte den Kopf. Frau Schmitz, die am anderen Ende des Tisches saß, beugte sich vor und ergriff zärtlich seine Hand. „Reg dich nicht auf, Albert. Denk an dein Herz!"

Ich schaute Marcel an. Langsam fügte sich das Puzzle zusammen...

„Ich weiß, was ich jetzt sage, klingt ein wenig pietätlos. Aber ich hatte Ihrem Sohn eine CD geliehen. Könnte ich mir die vielleicht holen?"

„Selbstverständlich, Herr Merzenich. Michis Wohnung ist im ersten Stock. Die Tür ist nicht abgeschlossen. Ich hoffe nur, Sie finden etwas in dem Chaos da oben!"

„Machen Sie sich darüber mal keine Gedanken. Ich find mich schon zurecht."

Mir fiel kein besserer Vorwand ein, um mich in Michis

und Nicoles Räumen umzusehen – auch wenn das aus rechtlicher Sicht den Tatbestand des Hausfriedensbruchs erfüllte. Marcel würde die beiden weiter ablenken, während ich nach Anhaltspunkten für ein mögliches Motiv für den geplanten Mord an Michi suchte.

***

Frau Schmitz hatte in ihrer Beschreibung der Zustände in Michis Wohnung nicht übertrieben. Überall verstreut lagen Kleidungsstücke, vom String über den BH bis zur Jogginghose. Der geflieste Boden war mit eingetrockneten Flecken übersät, insgesamt machte die durchaus geschmackvoll und modern eingerichtete Wohnung einen verwahrlosten Eindruck. Ich ging zu einem IKEA-Holzregal im Wohnzimmer, auf dem mehrere Aktenordner standen. So unordentlich die Wohnung auch war, so geflissentlich hatte Michi seine Unterlagen sortiert. Den Ordner *Bank* mit Dutzenden von Kontoauszügen und entsprechendem Schriftverkehr blätterte ich oberflächlich durch. In der Eile konnte ich keine Auffälligkeiten feststellen.

Ich nahm mir den nächsten Ordner, auf dem mit schwarzem Kugelschreiber *Versicherungen* stand, vor. Auch nichts Besonderes. Kfz-, Haftpflicht-, Unfall- sowie Kranken- und Hausratversicherung. Der alltägliche Kram. Dann fiel mir jedoch ein Trennblatt am Ende des Ordners auf, das einen kleinen Teil vom Rest desselben abtrennte. Es trug den handschriftlichen Vermerk *Lebensversicherung*. Das hörte sich doch schon interessanter an.

Neugierig las ich das auf den 26. Januar 1994 datierte Schreiben der Provinzial-Versicherung durch, das an Michael Schmitz adressiert war und ihm den Abschluss einer Lebensversicherung in Höhe von insgesamt sechshundertfünfzigtausend D-Mark im Schadensfall bestätigte. Ein ganz hübsches Sümmchen. Monatlich sollte Michi für diesen Versicherungsschutz dreihundert D-Mark abstottern – eine ganze Menge bei seinem kleinen Gehalt als Polizeimeister...

Im Schadens- beziehungsweise Sterbefall war Nicole Nelleßen genannt. Wenn das für eine geldgierige Schlange wie Frau Nelleßen kein hinreichendes Motiv für einen Mord war...

Schnell holte ich mein kleines Notizbuch aus der Jackentasche und notierte mir eiligst die wichtigsten Eckdaten der Police, bevor ich den Ordner wieder ins Regal stellte. Dabei fiel mir auf, dass Tinte aus meinem Kugelschreiber ausgelaufen war und meine rechte Hand blau verfärbt hatte. Ich eilte in das himmelblau gestrichene Badezimmer, das wie der Rest der Wohnung einem Schlachtfeld glich und wusch mir in dem mit langen blonden Haaren dekorierten Waschbecken die Hände. Während Nicoles persönliche Utensilien wie Kosmetika, diverse Bürsten und Nagellack den Hauptplatz des darüber angeordneten Boards einnahmen, hatte Michi dort nur Raum für einen Rasierapparat und seine Zahnbürste. Er musste ganz schön unter dem Pantoffel gestanden haben.

Ich hätte Lust gehabt, die Wohnung nach weiteren Anhaltspunkten zu untersuchen, aber das wäre zu auffällig gewesen. So machte ich mich auf den Rückweg ins Erdgeschoss, wo sich Marcel immer noch mit Michis Eltern über Michi und sein Verhältnis zu Nicole unterhielt. Ich erzählte dem Ehepaar Schmitz vom baldigen Beginn unserer Nachtschicht, der Marcel und mich nunmehr zwingen würde, uns auf den Weg zu machen.

***

Mit aufbrausendem Motor fuhren wir davon. Inzwischen war es halb acht. Ich berichtete dem gespannt zuhörenden Marcel von meiner Entdeckung. Er stimmte mir zu, dass eine Lebensversicherungsprämie in dieser Höhe für eine geldgierige Person wie Nicole Nelleßen durchaus ein Mordmotiv darstellte.

Wir fuhren zu Marcel nach Hause. Erich kam aus der Küche und sah uns besorgt an.

„Mensch, Mensch, Mensch, habt ihr euch schon wieder erwischen lassen? Der Gerd war ganz schön sauer. Der ist extra mit dem Uwe vorbeigekommen, um sich bei mir über euch zu beschweren. Wo kommt ihr denn jetzt her?"

So berichteten wir von unserem Besuch bei der Familie Schmitz – und von Michis Lebensversicherung.

Als wir unsere Ausführungen beendet hatten, lehnte sich Erich bedeutsam in seinem Sessel zurück und sah uns beide nacheinander an.

„Wisst ihr, Leute, ihr habt wirklich gute Arbeit geleistet. Aber es kommt noch besser. Unsere Theorie scheint sich zu erhärten." Erich blickte bedeutsam in die Runde. Nach einer längeren Pause fuhr er schließlich fort. „Als ihr Nicole Nelleßen aufgesucht habt, haben Gerd und seine Kollegen Thomczyks Wohnung auf den Kopf gestellt. Und wisst ihr, was die da im Kleiderschrank versteckt gefunden haben?"

Marcel und ich schauten uns fragend an.

„Spann uns doch nicht länger auf die Folter", wandte Marcel schließlich ein.

Sichtlich über unsere Anspannung amüsiert, verschränkte mein väterlicher Freund die Arme vor der Brust. Ich nahm einen kräftigen Schluck Bier aus der Flasche, die mir Erich eben auf den Tisch gestellt hatte. „Unterlagen. Ganz einfach. Jede Menge Unterlagen."

„Ja toll. Und was für welche?", wollte mein überaus genervter Freund wissen. Erich nahm die Brille ab und sah uns ernst an.

„Unterlagen, die belegen, dass Thomczyk mit Janosz Zgorzaleszki in Kontakt stand! Die haben Telefonnummern und Adressen sämtlicher Hintermänner, Abnehmer und sonstiger Kontaktpersonen gefunden. Sogar den Lageplan von Broichers illegaler Werkstatt in Leverkusen hatte dieser Thomczyk im Schrank versteckt! Die Jungs vom 23er werden dafür ziemlich dankbar sein! Damit kommen die einen große Schritt weiter."

Erneut trank ich einen Schluck Kölsch, um dann einzuwerfen: „Also waren die Kollegen im Irrglauben, dass Thomczyk mit den Autoschiebereien nichts zu tun hatte."

Erich nickte. „So sieht's aus, Jung! Das ist ein ganz schöner Hammer!“

Marcel packte mich am Oberarm. „Jetzt haben wir auch einen Grund dafür, warum Broicher letztendlich sterben musste. Zum einen, um als Sündenbock für den Mord an Michi herzuhalten, und zum anderen, damit Thomczyk die illegalen Deals mit Zgorzaleszki übernehmen konnte. Da hat dieser raffinierte Hund gleich zwei Fliegen mit einer Klappe geschlagen!“

Erich nickte zustimmend. „Vollkommen richtig, Marcel. Thomczyk half seiner Exfreundin bei der Beseitigung ihres Verlobten und schaffte in einem seinen Partner aus dem Weg, um bei dem Polen alleine abzukassieren.“

„Dabei übersah er nur, dass seine Mittäterin kein Interesse daran hatte, ihn auszubezahlen. Und als Mitwisser um die Tat war er für dieses durchtriebene Luder auch noch ein Sicherheitsrisiko.“

Marcel blickte uns nacheinander an. „Da hat Pitter vollkommen recht. Wir können davon ausgehen, dass Nicole Nelleßen ihren Komplizen Heiko Thomczyk umgebracht hat.“ Er wandte sich an seinen Vater. „Gerd und seine Kollegen haben doch sicher die anderen Bewohner von Thomczyks Haus befragt, oder? Hat irgendjemand Nicole Nelleßen dort gesehen?“

Aber Erich schüttelte den Kopf. „Also, davon haben die beiden mir eben nix erzählt. Ich glaube aber nicht. Tja, Leute, sieht wohl ganz so aus, als hätten wir diesen Fall aufgeklärt. Ich werde Gerd morgen früh anrufen und ihm von eurer Entdeckung berichten.“

Ich nickte und ließ meine beiden Freunde allein. Schließlich wollte ich nach Hause. Es war immerhin fünf nach halb neun – und meine arme Caroline hatte schon lange genug auf mich warten müssen. Ich hatte gerade mal eine Stunde Zeit, um mit meiner Liebsten die traute Zweisamkeit genießen zu können, bevor ich mit Marcel wieder „auf die Straße“ musste.

***

Zuhause angekommen, stellte ich fest, dass Caroline bereits auf der Couch lag und eingeschlafen war. Ich hatte ein schlechtes Gewissen, da mir einfiel, dass ich meine verspätete Heimkehr gar nicht bei ihr angekündigt hatte. Diese Gewissensbisse wurden noch größer, als ich den festlich gedeckten Küchentisch mit inzwischen kalten Kartoffeln und Steaks erblickte. Alles war für ein romantisches Dinner zu zweit gedeckt und ich Hornochse trieb mich in der Weltgeschichte herum. Ich versuchte, meinen Drang nach Selbstkasteiung dadurch zu zügeln, indem ich mir einredete, dass ich Caroline für einen guten Zweck um einen gemeinsamen Nachmittag mit mir betrogen hatte. Aber so richtig wollte ich mir diese Entschuldigung nicht abkaufen. Das Singleleben war nun mal vorbei und dementsprechend konnte ich auch nicht mehr machen, was ich wollte. Ich gelobte innerlich Besserung. Bemüht, meine Liebste nicht zu wecken, zog ich fast lautlos die Wohnungstür hinter mir zu und fuhr zur Hauptwache nach Kalk.

7. Kapitel: Der Anruf

**Polizeipräsidium Köln, GS, PI 8, PHW,
DG Dora, Kapellenstr. 28, 51103 Köln-Kalk,
Montag, 18. Juli 1994, 06:30 Uhr**

Ich hatte mit Caroline zwei ruhige und schöne Tage verlebt. Sie hatte mir meine kleine Eskapade von Donnerstag verziehen, Freitagabend hatte ich sie zum Essen in die Innenstadt eingeladen. Samstags blieben wir zu Hause und machten es uns gemütlich. Ich genoss Carolines Nähe, ihr schien es ähnlich zu gehen. Sie war zuversichtlicher geworden und hatte beschlossen, doch noch einmal einen Einstieg in ihren Ausbildungsberuf zu versuchen. Deshalb durchforstete sie nun immer eifriger die Stellenanzeigen. Sonntags drehte ich mit Marcel auf dem 18/32 meine Runden durch Kalk und Höhenberg. Diese Spätschicht verlief jedoch ohne nennenswerte Zwischenfälle.

So machte ich mich Montag früh gut gelaunt auf den Weg zur Arbeit. Als ich dort ankam, saß Polizeikommissar Kolkwitz mit leerem Blick bereits am Schreibtisch und las gedankenversunken den EXPRESS. „Guten Morgen Franky, wie geht's dir?"

„Morjen. Fühl ma noch janz dieslich. Det war jestern zu ville für so 'n Heemeken wie mir. Een Nullsiemer Glasmantel mit det feine russische Wässerchen ham wa jezwitschert, meene Keule von nebenan und icke. Mann, brummt ma valleicht die Omme!", sagte er und fasste sich theatralisch an die Stirn.

Ich schüttelte den Kopf und ging zielstrebig in den ersten Stock, zog meine Uniform an und trank gemeinsam mit Lothar, der an jenem Tag laut Dienstplan mein Streifenpartner auf dem 18/32 sein sollte, eine duftende Tasse Kaffee.

Neben uns saßen noch Marcel, der wie immer eine Computerzeitschrift las, sowie Sonja und Hartmut im Aufenthaltsraum. Ich weckte Marcel aus seiner Lethargie und begrüßte ihn. Er nickte nur gedankenverloren. An diesem Tag sollte er mit Sonja auf dem 18/33 fahren. Der Morgen verlief äußerst ruhig und ohne besondere Vorkommnisse.

***

Gegen zehn hielten Lothar und ich in Höhenberg vor einem nur aus dem Erdgeschoss bestehenden Flachdachhaus an der Ecke Olpener Straße/Fuldaer Straße an, das an ein weitaus höheres Gebäude grenzte und daher wie eine Baulücke wirkte. Es beherbergte neben der wenig einladenden Kneipe „Fulda-Eck" die Kiosk-Trinkhalle „Lotti's Büdchen".

Lothar hatte trotz fortgeschrittenen Bauchumfangs die Angewohnheit, zum zweiten Frühstück zwei Frikadellenbrötchen zu verspeisen. Allein bei dem Gedanken, zu so früher Stunde diesen fettigen Kram zu essen, wurde mir schlecht. Dennoch gesellte ich mich zu meinem Streifenführer an den zerkratzten Stehtisch inmitten von Zeitungsständern und Bierkisten und nippte an einer eiskalten Dose Cola. Außer uns beiden konnte ich nur einen lallenden Stadtstreicher, der uns unter dem Namen Hein nur allzu bekannt war und der uns direkt freudestrahlend begrüßte, sowie zwei Kaffee schlürfende Handwerksgesellen im Blaumann ausmachen, die am benachbarten Stehtisch in ihr ausgiebiges Studium der BILD vertieft waren.

Die 73-jährige Kioskbesitzerin hinter der Theke namens Lotti trällerte bei den im Hintergrund laufenden Schlagern sehnsuchtsvoll mit. Sie hatte uns bei unserer Ankunft überschwänglich begrüßt, da Lothar einer ihrer besten Stammkunden war und sie – obwohl Lothar seit über dreißig Jahren glücklich verheiratet war – ein Auge auf den sympathischen Polizeihauptmeister geworfen hatte. Er nahm das wohlwollend zur Kenntnis und spielte die Rolle des Begehrten nur zu gerne mit, da auf diese Art des Öfteren ein Gratisbrötchen für ihn heraussprang. Der korpulente Waldbröler zählte zu den nettesten Kollegen überhaupt. Neben Emil Knetsch, dem WDF der Dienstgruppe Anton, war er mit seinen siebenundfünfzig Jahren einer der ältesten Uniformierten unserer Inspektion und ihr ältester Streifenbeamter. Gegen Versetzungen in den Innen- oder Bezirksdienst hatte sich Kollege Fröhlich bislang energisch und erfolgreich zur Wehr gesetzt. Auch nach all den Jahren liebte er es, auf Streife zu gehen.

Neben gutem Essen und seinem Beruf hatte der gelernte Kfz-Mechaniker ein ganz besonderes Hobby: Die aufwändige Restaurierung einer alten Mercedes „Heckflosse“. Schon seit Monaten schraubte er an der Limousine aus den

Sechzigern. Er hatte mir versprochen, mich nach der Beendigung der Arbeiten auf die Jungfernfahrt mitzunehmen.

Nachdem die Musik verklungen war und sich Kollege Fröhlich genüsslich die letzten Reste Senf aus den Mundwinkeln gewischt hatte, kam Lotti zu uns an den Tisch und umarmte ihn von hinten. Mit geschlossenen Augen schmiegte sie sich an ihren Traumprinzen. „Och, Lothar, ich bin so froh, dass du wieder mal hier bist. Ich hab dich sehr vermisst!"

Ich musste ein lautes Lachen unterdrücken. Aus dem Blickwinkel konnte ich beobachten, dass es den beiden Handwerkern, die am Tisch hinter Lothar saßen, ähnlich ging. Einzig unser alter Freund Hein, der an der Theke stand und sich kaum auf den Beinen halten konnte, wobei er seine Flasche Kölsch verliebt anschaute, nahm keine Notiz von der belustigenden Szene, die sich zwischen meinem Kollegen und der Kioskbesitzerin abspielte.

Lotti setzte sich neben Lothar auf die Bank und fuhr sich verlegen durch das grau-blonde Haar. „Sag mal, Lothar, meinst du nicht, dass wir beide so langsam mal ausgehen sollten?"

Ich konnte an Lothars hilfesuchendem Blick sehen, dass ihm diese Situation allmählich über den Kopf wuchs. Aber ich zuckte nur mit den Schultern, deutete ein Lachen in die Richtung der ebenfalls amüsierten Handwerker an, klopfte Lothar freundschaftlich auf die Schulter und sagte: „Sagt Bescheid, wenn ich euch allein lassen soll, ihr Turteltäubchen! Aber Lotti, ich warn dich: Der Mann ist verheiratet! Lass dich bloß auf keine Affäre ein! Du weißt doch, dass die Geliebten immer den Kürzeren ziehen, wenn's drauf ankommt..."

Jetzt gab's kein Halten mehr. Die beiden Gesellen klopften sich auf die ölverschmierten Schenkel ihrer Blaumannhosen, ich grunzte lauthals vor mich hin. Lothar sah mich nur vorwurfsvoll an, es schien, als wolle er mir im nächsten Augenblick an die Gurgel springen. Lediglich Lotti schien das alles gar nicht zu interessieren. Sie schmiegte sich an Lothars Schulter und schaute ihn schmachtend an. Ganz wie ein verliebtes Schulmädchen.

Das Knacken im Sprechfunkgerät auf dem Tisch erlöste ihn dann letztendlich aus dieser peinlichen Situation. Er nahm das Walkie-Talkie in die Hand. Ein krächzendes „18/32 von Arnold!" war zu vernehmen. Hastig antwortete Lothar auf diesen Funkruf, als könne er damit aus Lottis Fängen entfliehen. „Hier 18/32!"

„Überfall auf Passanten Ecke Markt/Breuerstraße! Anrufer und Geschädigter warten vor Ort! Kommen Sie mit der *3*!"

„Verstanden!"

Mit hastigen Handbewegungen verstaute Lothar das klobige Funkgerät in seiner Gesäßtasche, ich zerknüllte die leere Cola-Dose und folgte meinem Kollegen. Im Hinausgehen winkte Lothar „seiner" Lotti flüchtig zu. Ich konnte ihrerseits noch ein sorgenvolles „Pass auf dich auf!" vernehmen.

Wir sprinteten zu unserem Mondeo, der auf dem Parkstreifen an der Olpener Straße neben dem Kiosk geparkt war. Ich startete den Motor und raste über die Hauptverkehrsstraße, die in die Kalker Hauptstraße überging, während Lothar die Taste *3* des Statusgebers drückte. Nach gut einem Kilometer bog ich rechts in die Breuerstraße. In etwas weniger als fünf Minuten - es war zwischenzeitlich 10:35 Uhr - waren wir am Tatort, der Ecke Breuerstraße/Markt, angelangt. Schon von Weitem konnten wir den Menschenauflauf vor dem weitläufigen, mit Bäumen gesäumten Platz am Ende der Breuerstraße sehen.

Mehrere Personen, meist türkische Frauen mit Kopftüchern und dicken Wintermänteln, die für diese Jahreszeit völlig unangebracht schienen, standen am Fahrbahnrand und starrten auf den Straßenbelag zwischen zwei geparkten Autos. Zwei der Frauen erblickten unseren Einsatzwagen und geboten uns mit hastigen Handzeichen, anzuhalten.

Lothar und ich stiegen wortlos aus dem Wagen und gingen auf die Menschentraube zu. Eine der Frauen lief auf uns zu und packte mich am kurzen Ärmel meines Diensthemdes.

„Schnell! Kommen! Überfall! Opa Tünn!", konnte ich den in gebrochenem Deutsch vorgebrachten Äußerungen der aufgeregten Frau entnehmen. Im Laufschritt eilten wir zu der Menge und bahnten uns den Weg zu der Stelle, die im Zentrum der Aufmerksamkeit stand.

Was ich sah, verschlug mir den Atem. Anton Simmerath, ein rüstiger Rentner um die achtzig, der von allen nur „Tünn" genannt wurde und der zu den liebenswerten Originalen von Kalk zählte, hockte blutüberströmt am Boden. Er hatte eine klaffende Platzwunde am Hinterkopf und weinte bitterlich. Ich kannte Tünn aus dem Kalker Eck, er war dort genauso Stammgast wie ich und hatte immer ein offenes Ohr für alle möglichen Probleme.

Und jetzt kauerte dieser herzensgute Mensch blutend am Boden. Seinem Gesichtsausdruck konnte ich entnehmen, dass er die Welt nicht mehr verstand. Sein alter blaugrauer Anzug – ich hatte ihn noch nie anders bekleidet gesehen – war zerknittert und voller Staub. Der Krückstock lag zwischen seinen ausgelatschten Schuhen, genau wie sein zerknautschter Hut. Ich beugte mich zu ihm herab und nahm ihn in den Arm.

„Hallo, Tünn, was machst du denn für Sachen?"

Mit rot unterlaufenen Augen blickte mich der schluchzende Rentner an. „Och, do bes et, Pitter! Jröß dich! De Rotzleffel han mich üvverfalle!"

„Wer denn?"

„Na, dä Yavuz un sing Band! Wenn ich bloß zehn Johr jünger wör, Pitter – ich schwör et dir...!"

Ich wusste, wen Tünn meinte. Yavuz Özogul, ein fünfzehnjähriger Junge aus dem Viertel, trieb schon seit seinem zwölften Lebensjahr sein Unwesen in der Gegend. Er war polizeibekannt. Zusammen mit seinen beiden besten Freunden Osman und Stefan, alle drei Abkömmlinge aus sozial schwachen Familien, war er in den vergangenen drei Jahren unzählige Male mit dem Gesetz in Konflikt geraten. Schutzgelderpressungen auf den umliegenden Schulhöfen, Diebstahl und Einbruch zählten zum Standardprogramm der drei Halbwüchsigen. Aber so weit wie diesmal waren sie noch nie gegangen. Zeitweise hatten die drei sogar an meinem Boxtraining teilgenommen. Aber als sie anfingen, die Jugendgruppe zu terrorisieren, musste ich sie vor die Tür setzen.

Ich fragte weiter. „Was ist denn genau passiert?“

„De drei han he an de Autos erömjelungert, ich kom an denne nit vörbei. Ich han se jebedde, Plaatz ze maache. Dat wor minge eeschte Fähler. Se han mich erömjeschubs, usjelaach un jesaat, dat se jän op Sick jon, wenn ich ‚en paar Schingcher erüvverwaaße leet‘. Do han ich se ‚Rotzleffel‘ jenannt und se han mich met mingem eijene Stock nidderjeschlage. Wie ich om Boddem loch, han se mer noch en dr Mage jetrodde un mer minge Jeldbüggel met zweihundert Mark – met zweihundert Mark, Pitter – fottjenomme! Dat wor dä letzte Ress vun minger Rent för dä Mond!“

Lothar, der neben mir stand, hatte alles mitgeschrieben und griff nun nach dem Funkgerät. Er rief das Kriminalkommissariat 1 unserer Inspektion an, das für „leichtere“ Kriminalfälle unseres Bezirks zuständig war. Erich und seine Mitarbeiter sollten die weitere Ermittlungsarbeit übernehmen.

Kaum drei Minuten, nachdem wir eingetroffen waren und uns Tünn den Tathergang geschildert hatte, erreichte uns mit Blaulicht und Martinshorn ein RTW der Kölner Feuerwehr, in dessen Obhut wir den armen Mann übergaben. Es war kaum möglich, die schnatternden Frauen ringsum zu beruhigen. Eine von ihnen, die ein halbwegs passables Deutsch sprach, gab uns den Tipp, das Verbrechertrio in einer Spielhalle auf der Neuerburgstraße zu suchen, die zu ihren Stammlokalen zählte. Kopfschüttelnd nahm ich diese Aussage zur Kenntnis. Was hatten Jungs in deren Alter schließlich in Spielotheken zu suchen?

Nachdem zwei von Erichs Kalker Kripokollegen, Dieter und Helmut, am Tatort eingetroffen waren und wir ihnen den Sachverhalt geschildert hatten, machten wir uns nunmehr zu viert auf den Weg zu der Spielhalle, die nur einen Steinwurf von Lotti's Imbiss entfernt lag.

Die kleine Spielhalle namens *Jackpot Castle* war in einem breiten, nur eingeschossigen und fensterlosen Flachdach in der Neuerburgstraße, einer Seitenstraße der Kalker Hauptstraße, untergebracht.

Der Laden war bei der gesamten Kölner Polizei als Treff von Kleinkriminellen und Gestrandeten mehr als gut bekannt. Wir waren quasi Dauergäste in dieser Spielhölle. Die illustre Spielergesellschaft nahm von uns vier Beamten jedenfalls keine Notiz. Wir gehörten zum Alltag des Ladens wie die täglich wiederkehrende Putzkolonne. In einer dunklen Nische konnte ich drei Jugendliche an einem Billardtisch erkennen. Sie standen dicht beieinander und tuschelten. Es handelte sich um die drei Delinquenten Yavuz, Osman und Stefan. In aller Ruhe zählten sie unter der Beleuchtung des schummrigen Lichts, das den Nikotinqualm unzähliger Zigaretten sichtbar machte, das soeben erbeutete Bargeld. Ich stieß Lothar wortlos an. Er nickte nur und gab unseren nachfolgenden Kollegen Dieter und Helmut ein Zeichen. Nachdem die drei Halbstarken das Geld gezählt hatten, gab Yavuz seinen Komplizen einen freundschaftlichen Klaps auf die Schulter. Die Gruppe war nun im Begriff, sich aufzulösen. Die restlichen Gäste hatten zwar inzwischen Notiz von uns genommen, aber sich direkt wieder ihrer Lieblingsbeschäftigung, dem Zocken, hingegeben. Während Osman und Yavuz nun in ein Gespräch vertieft arglos auf uns vier zukamen, verschwand Stefan Richtung Toilette.

Lothar und ich traten vor die völlig unbekümmerten beiden Jungs und tippten ihnen unsanft auf die Schulter. Sie sahen uns mit weit aufgerissenen Augen an.

„Na, Jungs, ist jetzt scheiße gelaufen, was?“, fragte Lothar die immer noch sprachlosen Jugendlichen. Wortlos und ohne Gegenwehr ließen sie sich von Dieter und Helmut abführen.

Ich machte mich mit Lothar auf den Weg Richtung Toilette. Der Begriff Jauchegrube hätte wohl eher gepasst. In den Pissoirs stand der überschwappende Urin, der mit einem unaufhörlichen, nervigen Tropfen den Boden benässte. Am letzten Urinal stand gedankenversunken der dritte Jugendliche, der glatzköpfige Stefan, und versuchte, sich aufs Pinkeln zu konzentrieren. Ich zog meine Handschuhe an und trat neben ihn.

„Tach Stefan, wie läuft's?“ Er wagte nicht, mir in die Augen zu schauen, schaute mich nur verstohlen aus dem Blickwinkel an.

„Hallo, Herr Merzenich, bei mir ist alles k-klar...“

Schweißperlen bildeten sich auf seiner Stirn.

„Du und deine Freunde habt ja eben 'ne ziemliche Scheiße mit dem armen Opa Simmerath abgezogen, was? Habt ihr eigentlich noch alle Tassen im Schrank?", schrie ich ihn an.

„I-ich w-weiß j-j-jetzt g-gar nicht, wo-wovon Sie reden, Ma-Mann!" Seine Unterlippe zitterte.

„Verarsch mich nicht, Junge! So miese Typen wie euch drei hab ich selten erlebt! Sieh zu, dass du zu Ende pinkelst und dann komm gefälligst mit."

Stefan schaute auf den Boden und nickte resignierend. Wie in Zeitlupe schüttelte er ein letztes Mal ab und schloss seinen Reißverschluss. Lothar stand immer noch schräg hinter mir. Ich wollte Stefan gerade am Arm packen und von dem ekelerregenden Pissbecken wegziehen, als er mir wie aus heiterem Himmel einen heftigen Ellbogenhieb in die Magengrube verpasste. Ich ließ ihn für den Bruchteil einer Sekunde los und stöhnte auf. Bevor Lothar reagieren konnte, hatte Stefan ihn beiseite geschubst und war aus dem Raum verschwunden. Wir hörten, wie die benachbarte Eisentür, die in den Vorratsraum führte, lautstark zugeschlagen wurde.

„Bist du okay?", fragte mein Streifenführer.

„Kein Thema. Lass uns dieses kleine Arschloch schnappen", erwiderte ich mit starken Schmerzen in der Magengegend.

Ich machte mich auf den Weg Richtung Lagerraum und sah umgestürzte Regale, die mir den Weg versperrten. Problemlos sprang ich über die Hindernisse Richtung Tür des Nebeneingangs, die auf die Straße führte.

Da es wenig Zweck gehabt hätte, diesen Weg mit dem

beleibten Lothar gemeinsam fortzusetzen, rief ich ihm zu, durch die Spielothek zurück auf die Straße zu gehen, um den Jungen dort abzupassen. Ein letzter Sprung über eine von Stefan umgestoßene Mülltonne, dann hatte ich die Eisentür erreicht und geöffnet und stand auf der Straße.

Stefan hatte ein gutes Stück Vorsprung, er bog nach links auf die Kalker Hauptstraße ab. Ich hechtete ihm hinterher, wobei ich merkte, dass mein Magen immer noch schmerzte. Lothar folgte mir, hechelte aber hörbar. Aus dem Augenwinkel konnte ich sehen, dass er immer langsamer wurde – obwohl er noch gar nicht richtig angefangen hatte, zu laufen.

Auch ich bog nun auf die Kalker Hauptstraße ab, passierte nach wenigen Metern Lotti's Imbiss zu meiner Linken. Ich sah, wie Stefan – ohne nach links oder rechts zu schauen – über die Fahrbahn lief.

„Pitter, schnapp ihn dir!“, rief Lothar hinter mir. Ich drehte mich um. Er hatte einen hochroten Kopf, war völlig außer Atem und musste sich an die Hauswand lehnen. An mir allein hing jetzt also die Verfolgung des Jungen. Stefan lief auf der anderen Straßenseite weiter über den Gehweg, rannte dabei einige Passanten um. Ich beschleunigte meinen Schritt, sprintete über die Fahrbahn und holte ihn in Höhe der Einmündung der Josephskirchstraße ein, bis ich mit meiner Hand seine Schulter erfassen konnte. Blitzschnell riss ich ihn zu Boden und drehte ihn auf den Bauch. Die anwesenden Fußgänger schauten mir geschockt zu, als ich Stefan Handschellen anlegte. „So, Junge, das war's jetzt aber endgültig." Ich zerrte ihn hoch, er schrie vor Schmerzen auf. „Rumjammern bringt dir jetzt auch nichts mehr, du Heulsuse." Tränen liefen dem Jugendlichen über die Wangen. Auf dem Weg zum Streifenwagen entschuldigte er sich unaufhörlich für seinen Fluchtversuch. Aber das änderte nichts an den Konsequenzen für seine Taten.

***

Wir lieferten ihn auf der Wache ab und tranken einen Kaffee im Aufenthaltsraum.

„Mensch, Lothar, willst du dir in deinem Alter echt noch diesen Job antun? Du bist ja fix und fertig, alter Mann", scherzte ich und klopfte meinem Streifenführer versöhnlich auf die Schulter.

„Jetzt fang du auch noch an. Der Hartmut hängt mir auch dauernd in den Ohren, dass ich in meinem Alter und mit meiner Kondition lieber in den Innendienst gehen sollte."

Ich tippte mit dem Zeigefinger gegen meine Stirn. „Denk doch mal nach. Nächstes Jahr geht der Emil in Pension. Dann brauchen die von Anton 'nen neuen WDF. Also ich an deiner Stelle würde mal mit dem Müllenbach reden. 'Nen besseren Job könnteste doch gar nicht kriegen. Das ist doch viel ruhiger als jeden Tag auf der Straße!"

Aber Lothar schüttelte den Kopf. „Hat mir der Hartmut auch schon vorgeschlagen. Die drei Jahre bis zur Pensionierung krieg ich aber auch noch so rum. Außerdem hab ich auf WDF absolut keinen Bock! So was Langweiliges! Ich bin lieber auf der Straße. Und wenn's schnell gehen muss, hab ich doch fitte Kollegen wie dich dabei, du junger Schnösel", lachte mein immer noch nach Luft ringender Kollege mit hochrotem Kopf und zur verbesserten Luftzufuhr fast bis zum Bauchnabel aufgeknöpftem Hemdblouson.

Inzwischen war es zwölf Uhr, ich schrieb den Streifenbefehl für unseren nervenaufreibenden Einsatz und aß mein Schinkenbrot, dass Caroline mit viel Liebe geschmiert hatte.

Irgendwann kam Franky zu mir. „Na, du Knopp, allet klärchen?", fragte er und nahm einen kräftigen Zug an seiner Zigarette.

„Natürlich. Was kann ich für dich tun, Chef?"

„So 'ne Flitzpiepe von det KK 11 hat een Sprechwunsch for Marcel und dir. Hamann, gloob ick, hat der jeheeßen. Marcel is noch uff Tour, weeß aba schon Bescheid. Machta beede Ballett, wenna wieda rinkommt und kiekt ma bei die vorbei, klar?"

„Alles klar", antwortete ich, obwohl ich mich mehr als genau konzentrieren musste, um unseren Berliner auch nur ansatzweise zu verstehen. „Hat Herr Hamann noch was gesagt?"

Franky zuckte mit den Schultern. „Nüscht jenauet weeß man nich. Hat sich aba janz schön uffjeplustert, der Heini. Keen Dunst, wat ihr mit den Sabbelkopp zu tun habt..." Franky machte auf dem Absatz kehrt und ließ mich allein.

Ich zündete mir eine Zigarette an und versuchte zu ergründen, was uns Gerd Hamann so Dringendes mitteilen wollte. Es musste ja irgendwas mit Michis Fall zu tun haben. Ob er rausgefunden hatte, dass wir trotz seiner Warnung weiterermittelt hatten? Es war am wahrscheinlichsten, dass er uns einen Anschiss für unseren „Ungehorsam" verpassen wollte... Oder hatte man etwa Nicole Nelleßen geschnappt und er wollte uns vielleicht noch mal zu unseren Erkenntnissen befragen? Oder gab es vielleicht noch ganz andere Neuigkeiten?

Nachdem ich meine zweite Zigarette im Aschenbecher ausgedrückt und es nach langem Zögern endlich geschafft hatte, Lothar den Streifenbefehl zum Durchlesen vorzulegen, stand Marcel in der Tür. Es war Viertel vor eins. „Na, alter Freund, kommst du auch noch mal an? Ich hab schon die ganze Zeit auf dich gewartet!"

Ohne eine Antwort meines besorgt dreinblickenden Freundes und Kollegen abzuwarten, stand ich auf und schnappte mir den Schlüssel für den alten VW-Bus.

Ich startete den Motor des alten Bullis. „Was glaubst du, was Gerd von uns will?", fragte mein Freund unsicher.

„Keine Ahnung, Marcel. Wahrscheinlich will er uns noch mal so richtig zusammenstauchen, weil wir weiterermittelt haben." Mit dieser Äußerung hatte ich Marcel noch mehr verunsichert und regelrecht aufgeschreckt. Nervös trommelte er mit den Fingern auf den Steg des Dreiecksfensters seiner Tür. Die Sonne schien in den alten Bus.

Hoffentlich sollte es auch in unserem bevorstehenden Gespräch eher sonnig zugehen – auch wenn mir das eher unwahrscheinlich erschien.

8. Kapitel: Der Unfall

Polizeipräsidium Köln, Abteilung Gefahrenabwehr/ Strafverfolgung, Zentrale Kriminalitätsbekämpfung, Kriminalgruppe 1, Kriminalkommissariat 11, Löwengasse 1, 50676 Köln-Altstadt/Süd, Montag, 18. Juli 1994, 13:15 Uhr

Irgendwann überquerten wir den Rhein und fuhren ins Severinsviertel. In der Löwengasse, einer kleinen Seitenstraße der Severinstraße, befanden sich seit Kurzem die Kommissariate der für Gewaltdelikte und gemeingefährliche Straftaten zuständigen Kriminalgruppe 1.

Da das eigentliche Polizeipräsidium am Waidmarkt, ein inzwischen in die Jahre gekommener Hochhausbau aus den Fünfzigern, aufgrund akuten Platzmangels aus allen Nähten zu platzen drohte, waren die personalstarken Kriminalkommissariate 11, 12, 13 und 14 kurzerhand hierher „umquartiert" worden.

Wir parkten den Bulli am Straßenrand, direkt vor dem Haupteingang des Theaters *Comedia Colonia*, das an das Dienstgebäude grenzte, und machten uns auf den Weg in Gerd Hamanns Büro. Hinter uns rauschte der Autoverkehr über den Zubringer zur Severinsbrücke.

***

Als der alternde Kriminalhauptkommissar Marcel und

mich erblickte, sprang er von seinem Drehstuhl auf und ging auf uns zu, während sein Kollege Uwe Hürtgen ruhig auf seinem Stuhl sitzen blieb und uns abermals skeptisch anschaute.

„Hallo Kollegen, ich hab euch schon früher erwartet."

„Wir von der ‚Trachtengruppe' haben halt immer viel zu tun. Unser Dienst ist nicht so erholsam wie bei euch", warf ich zur Auflockerung ein. Aber weder Gerd Hamann noch Uwe Hürtgen konnten über diese Bemerkung auch nur gequält lächeln.

Gerd wies uns an, vor seinem Schreibtisch Platz zu nehmen. „So, Jungs, dann will ich euch nicht länger im Dunkeln tappen lassen. Zum Ersten: Erich hat mich heute Morgen angerufen. Und was wusste der liebe Kollege zu berichten?"

Marcel schaute beschämt zu Boden, ich räusperte mich.

„Wisst ihr eigentlich, dass es für die polizeiliche Vorgehensweise Dienstvorschriften gibt? Eigentlich seid ihr lange genug dabei – aber euch scheint das ja völlig unbekannt zu sein. Glaubt ihr eigentlich, ihr könnt machen, was ihr wollt? Langsam verliere ich echt meine Geduld. Was glaubt ihr, wie ich den Erich eben am Telefon zusammengestaucht habe? Von ihm hätte ich mehr Vernunft erwartet. Dass der euch auch noch Rückendeckung gibt..."

Uwe Hürtgen konzentrierte sich wieder mal auf sein Notizbuch und sagte nichts. Es wurde echt zu einer peinlichen Gewohnheit, dass Marcel und ich dank unserer Alleingänge zur Rechenschaft gezogen wurden...

Gerd schaut seinen Kollegen Uwe kurz an, der knapp

nickte. Mit einem versöhnlichen Lächeln wandte er sich wieder uns zu.

„Aber das ist momentan alles zweitrangig. Da ihr offensichtlich aller Warnungen zum Trotz weiterermittelt, können wir ja mal gemeinsam zusammentragen, was wir bislang wissen – auch, wenn ich große Lust verspüre, euch noch heftiger den Kopf zu waschen."

Damit hatte er uns beide sehr überrascht. Wir hatten uns eigentlich darauf eingestellt, eine Standpauke, die Ihresgleichen suchte, verpasst zu bekommen. Aber irgendetwas in Bezug auf Michis und/oder Thomczyks Tod schien derart gravierend, dass Gerd davon Abstand nahm. Ich fragte mich, was es wohl sein könnte. Steckte Nicole Nelleßen etwa tatsächlich hinter allem? Auf ein Zeichen Gerds hin, ergriff diesmal Uwe Hürtgen das Wort.

„Wie vermutet, scheint sich bewahrheitet zu haben, dass Heiko Thomczyks Tod fremdverschuldet ist. Bei der Obduktion konnte eine Überdosis Schlafmittel festgestellt werden. Das deckt sich übrigens mit dem Ergebnis, zu dem die KTU-Kollegen gekommen sind. Ihr könnt euch doch noch an das Whiskyglas auf Thomczyks Wohnzimmertisch erinnern?"

Ich nickte zustimmend.

„Die KTUler haben es untersucht und Rückstände des in Thomczyks Körper vorgefundenen Schlafmittels feststellen können."

„Dann hat ihm also jemand den Drink gemixt, damit er einschläft und ihm dann die tödliche Spritze versetzt", schlussfolgerte Marcel.

„Ganz genau", erwiderte Gerd Hamann.

„Was ist mit Fingerabdrücken?", wollte ich wissen.

„Fehlanzeige", sagte Uwe Hürtgen und fuhr sich durchs graue Haar. „Wir konnten nur welche von Thomczyk selbst sicherstellen. Aber trotzdem ist der Täter äußerst dilettantisch vorgegangen. Wenn Thomczyk sich den Schuss selbst verpasst hätte, wäre das Fixerbesteck aufgefunden worden. Thomczyk war clean. Und das schon seit Jahren. Aber es gibt eine weitere interessante Entwicklung in dem Fall."

Marcel schaute mich ungläubig an. Hamann holte aus seiner Schreibtischschublade ein Kuvert mit mehreren Bildern und breitete diese auf dem Schreibtisch vor uns aus. Was wir dort sahen, verschlug uns den Atem. Die Bilder zeigten eine leblose Person, die in einem Auto eingeklemmt war und das Auto der Verunfallten, das zerschellt an einem Baum stand.

„Das gibt's doch nicht! Von wann sind die Bilder?"

„Die Kollegen vom Verkehrskommissariat der PI 6 in Chorweiler haben sie Samstagvormittag auf der Neusser Landstraße zwischen Fühlingen und Longerich gemacht. Vor gut drei Stunden landete der Vorgang auf meinem Tisch."

„Aber das ist doch jetzt nicht wahr!", wandte Marcel ein.

„Ist Nicole Nelleßen tot?", wollte ich aufgrund der Bilder wissen, die unsere Hauptverdächtige blutüberströmt im Innenraum ihres knallroten Roadsters vom Typ Mazda MX-5 zeigten. Hamann schaute auf den Boden.

„Ja. Der Tod trat noch am Unfallort ein. Sie kam gerade

von einem Besuch bei ihren Eltern und war nach eigener Aussage auf dem Weg in die Innenstadt." Hamann schüttelte den Kopf. „Hätten wir sie in den vergangenen Tagen doch bloß erreicht. Immer wieder haben wir's versucht. Aber sie war nirgendwo auffindbar. Vielleicht hätten wir das ja verhindern können..."

„Warum ist der Vorgang jetzt bei euch gelandet? Ihr seid doch gar nicht für Verkehrsunfälle zuständig" bohrte Marcel nach.

Hürtgen beugte sich vor und sah uns durchdringend an. „Tja, Leute, genau das ist der Punkt. Bei der Untersuchung des Fahrzeugwracks hat man festgestellt, dass die Bremsen versagt haben. Um es deutlicher zu sagen: Die Bremsschläuche sind durchtrennt worden. Wir können also auch in diesem Fall von einem Tötungsdelikt ausgehen."

Auch ich schüttelte nun den Kopf. „Dieser Fall wird ja immer schlimmer. Schon der vierte Tote."

„Da stimme ich dir zu, Pitter", warf Marcel ein. „Eine Sache ist aber klar: Nicole Nelleßen und Heiko Thomczyk haben den Anschlag auf Michi nicht allein durchgeführt. Sie müssen noch einen Komplizen gehabt haben, der jetzt mit Nicole Nelleßen auch noch den letzten Zeugen der Tat aus dem Weg geräumt hat."

Hamann nahm Marcels Einwurf dankend auf. „Sehr guter Punkt. Genau das ist auch meine Meinung. Nur wer? Wir tappen leider vollständig im Dunkeln."

„Hatte sie denn nichts dabei, was unter Umständen Rückschlüsse auf den Täter zulassen könnte?"

Hamann pustete durch seine aufgeblähten Backen. „Sie

hatte nur ihre Handtasche mit dem üblichen ‚Weiberkram' dabei. Ihr wisst schon: Schminkzeug, Tampons, Portemonnaie. Und kurioserweise einen Schließfachschlüssel."

Hamann warf den Tascheninhalt in einer eingeschweißten Plastiktüte auf den Tisch.

Auf den ersten Blick schien ich auch nichts feststellen zu können. Marcel ging es ähnlich. Wir vier schauten uns ratlos an.

„Ach so: Im Handschuhfach haben wir noch das hier gefunden." Hamann warf eine zweite Tüte mit der Gebrauchsanleitung des MX-5, einem Serviceheft sowie einem weiteren Gegenstand auf den Tisch. Ich ergriff die Tüte und interessierte mich vor allem für diesen dritten Gegenstand – ein Schmuckkästchen.

Das war es also! Natürlich! Blitzschnell reifte in mir ein ganz und gar absonderlicher Verdacht. Ich griff nach einem Bild, das Nicole Nelleßen hinter ihrem Lenkrad in Nahaufnahme zeigte und ließ mir von dem völlig erstaunten Hamann eine Lupe geben. Mein Verdacht bestätigte sich.

Ich war mir nun sicher: Nicole Nelleßens Armbanduhr würde der Schlüssel zur Lösung des Falls sein..

Ich weihte meine drei Kollegen in meine Theorie ein. Keiner von ihnen wollte mir jedoch zunächst Glauben schenken. Letztendlich konnte ich sie aber überzeugen. Fassungslos machten wir uns zu viert auf den Weg.

9. Kapitel: Die Überführung

Polizeipräsidium Köln, GS, PI 8, PHW, DG Dora, Kapellenstr. 28, Montag, 18. Juli 1994, 14:09 Uhr

Zu viert hatten sich Marcel, Gerd Hamann, Uwe Hürtgen und ich uns auf den Weg zur Polizeihauptwache nach Kalk gemacht.

Immer noch von meiner Entdeckung wie gelähmt, stürmten wir in Erichs Büro und unterrichteten ihn von dem ungeheuren Verdacht, der sicherlich über Wochen für Schlagzeilen sorgen würde. Er ließ sich dennoch überzeugen und sagte uns jede weitere Unterstützung zu. Zu fünft holten wir Hartmut in seinem Büro ab, der sich unverzüglich unserer kleinen Truppe anschloss.

Es war kurz vor Schichtwechsel. Zu sechst gingen wir in den Umkleideraum, wo bereits reger Betrieb herrschte. Während sich Erich, Hartmut, Uwe Hürtgen und Gerd Hamann im Hintergrund hielten, setzten Marcel und ich unseren Weg unbeirrt fort.

Ich spürte mein Herz bis hinauf zum Hals schlagen, meine Hände zitterten, als ich auf den Mann zutrat, der sich gerade umzog.

„Hallo Kollege, alles klar bei dir?"

„Tach Pitter, bei mir ist doch immer alles klar. Was liegt an, Mann?"

Ich würgte den Kloß hinunter, der sich in meiner Kehle

gebildet hatte, und antwortete ihm nun lauter, damit die umliegenden Kollegen auch ja alles mitbekommen konnten. „Wie fühlt man sich als mehrfacher Mörder?“

Um uns herum wurde es schlagartig still.

„WAS? Hast du ’ne Macke, oder was?“

„Wenn du nicht so dämlich wärst, wären wir wahrscheinlich nie darauf gekommen, dass du für Michis Tod verantwortlich bist.“

Gemurmel machte sich breit. „Jetzt reicht’s aber, Pitter! Ihr seid ja echt ein Fall für die Klapse.“ „Und was ist mit der Cartier-Uhr, die du Nicole Nelleßen geschenkt hast, Jean-Claude?“

POM Buir schluckte und wurde immer nervöser. „Was meinst du?“

„Na, ganz einfach“, antwortete ich und fuhr fort. „Du hättest besser das Schmuckkästchen vom Juwelier Assenmacher aus dem Handschuhfach nehmen sollen, bevor du dich an Frau Nelleßens Wagen zu schaffen gemacht hast. Und noch besser wäre es gewesen, wenn du ihr auch gleich die Uhr abgenommen hättest. Bei ’ner Frau wie der fällt so eine Uhr einfach auf – vor allem, wenn sie tot hinterm Steuer sitzt.“

Die umstehenden Kollegen waren sprachlos vor Wut und Fassungslosigkeit.

Jean-Claude sank wie vom Donner gerührt auf die Holzbank vor seinem Spind. Sein T-Shirt mit dem peinlich-dämlichen Aufdruck *Second Place Is The First Loser* passte aber auf seltsame Weise zu der Situation.

Niedergeschlagen, trotz allem aber mit einem Anflug von Arroganz fuhr er sich durch das gegelte Haar. „Dass ausgerechnet ihr zwei Pappnasen mir auf die Schliche kommt, ist echt unter meinem Niveau. Das ist nicht gerecht. So viel Grips hätte ich euch nicht zugetraut. Aber was soll's?! Auch der Beste macht mal Fehler."

Ich packte Jean-Claude am Kragen, riss ihn hoch und knallte ihn mit dem Rücken gegen die Spindtür. „Du kleiner, mieser, arroganter Wichser! Ich hätte Lust, dir die Fresse zu polieren!"

Ich schüttelte ihn durch. Er lachte mich nur aus. „Pitter, wenn ich so 'n armer Hund wäre wie du, würd ich mich direkt erschießen. Du tust mir echt leid! Als wenn du mir auch nur ansatzweise das Wasser reichen könntest! Da lach ich doch!"

Die Situation eskalierte. Marcel und zwei weitere Kollegen stürmten auf mich zu, um mich zurückzuhalten. Ich konnte mich jedoch losreißen und donnerte Jean-Claude Buir mit voller Wucht meine Faust ins Gesicht. Er ging zu Boden und hielt sich die Nase.

„Habt ihr das gesehen? Dieses blöde Schwein hat mir die Nase gebrochen!"

Aber niemand interessierte sich für sein Klagen. Marcel, Hartmut, Erich, Gerd Hamann und Uwe Hürtgen mussten die Kollegen vielmehr zurückzuhalten, da sie fast ausnahmslos ihre Schlagstöcke gezückt hatten.

Marcel und Hartmut waren es schließlich, die den blutenden Polizeibeamten, der für den Tod seines Streifenkollegen und drei weiterer Menschen verantwortlich war, in Erichs Büro brachten. Seine Arroganz und seine Dekadenz hatten Jean-Claude schließlich überführt.

Hätten wir nicht zufällig die Rechnung seines Juweliers über die Cartier-Uhr bei unserem Besuch auf dem Tisch liegen sehen, wir hätten niemals die nötigen Rückschlüsse auf ihn ziehen können...

Beschuldigtenvernehmung

Angaben zur Person: Jean-Claude Buir, POM, geb. 14.05.1964 in Kerpen
Tatvorwurf: Verdacht des Mordes in mehreren Fällen
Sachbearbeitung durch (Name, Amtsbezeichnung): Hamann, KHK

Vor Beginn der Vernehmung wurde Herr Buir über seine Rechte als Beschuldigter belehrt. Der Beschuldigte gab an, die Belehrung verstanden zu haben. Von seinem Recht, die Aussage zu verweigern und einen Verteidiger zu Rate zu ziehen, wollte er ausdrücklich keinen Gebrauch machen.

Beginn der Vernehmung: Montag, 18. Juli 1994, 15.30 Uhr

Vorhalt
Herr Buir, aufgrund der uns vorliegenden Erkenntnisse wird Ihnen zur Last gelegt, für den absichtlich herbeigeführten Tod des Polizeimeisters z.A. Michael Schmitz sowie des Kfz-Meisters Klaus Broicher und Ihrer Komplizen Heiko Thomczyk und Nicole Nelleßen als Mörder und teilweise Anstifter verantwortlich zu sein. Was sagen Sie zu diesen Tatvorwürfen?

Antwort
Was soll's? Leugnen bringt eh nichts mehr. Jaja, ich hab das alles geplant und durchgezogen. Michi hab ich zusammen mit seiner Alten, dieser Nicole Nelleßen, und diesem Trottel von Heiko Thomczyk um die Ecke gebracht.

Frage
Was hat Sie dazu veranlaßt?

Antwort
Ach, wissen Sie, seine Alte, also diese Nicole, hatte ich auf der Weihnachtsfeier von Michis Schützenverein kennengelernt. Dieser Idiot hing wie eine Klette an mir und wollte unbedingt mit mir mal was unternehmen. Und da ich ein Menschenfreund bin, tat ich ihm den Gefallen, ihn und seine blöde Alte zu diesem Schwachsinn zu begleiten. Tja, was soll ich sagen? Nicole und ich sind ins Gespräch gekommen, haben die Telefonnummern ausgetauscht und uns heimlich mehrmals getroffen. Aber für mich war's nur 'ne Gelegenheit zum Poppen, verstehen Sie? Ich wollte doch nicht ernsthaft was von der. Sie schon. Was die sich überhaupt eingebildet hat. Michi war ihr viel zu blöd, sie sagte, daß sie ihn um den Finger wikkeln könne und ihr der Typ und seine Familie tierisch auf den Nerv gehen würden. Sie hat richtig darum gebettelt, mit mir zusammen sein zu dürfen. Aber ich war so genervt, daß ich sie rausgeschmissen hab.

Frage
Wie ist diese Geschichte dann weitergegangen?

Antwort
Also ein paar Wochen später, Ende Januar oder Anfang Februar, glaub ich, stand sie wieder vor meiner Tür. Die blöde Kuh hat mich regelrecht angebettelt, wieder mit ihr zusammen zu sein. Sie könne ohne mich nicht leben. Der übliche

Scheiß halt, wissen Sie?! Ich hab mich breitschlagen lassen, mit ihr nochmal in Ruhe zu reden, und da hat sie mir erzählt, daß ihr Michi eine Lebensversicherung zu ihren Gunsten abgeschlossen habe. Sechshundertfünfzigtausend Mark! Die hab ich dringend gebraucht.

Ich hab Spielschulden. Etwa dreihunderttausend Mark. Selbst der beste Pokerspieler kann mal 'ne Pechsträhne haben. Und die Jungs, mit denen ich gezockt hab, sind in Geldsachen absolut humorlos, wenn Sie verstehen, was ich meine. Und da mein Alter seine Kohle eh mit seiner neuen Hure durchbringt und ich von ihm keine müde Mark mehr erwarten kann – bis auf so Kleckerbeträge wie zehntausend Mark oder so –, hab ich mich ein bißchen an Nicole rangemacht. So auf Casanova gemacht, 'ne schöne Uhr geschenkt und so.

Und irgendwann hatte ich sie dann so weit, daß sie mir völlig verfallen war und ich ihr den Vorschlag gemacht habe, Michi um die Ecke zu bringen. Ich hatte die Idee, es auf einer Streifenfahrt wie 'nen tragischen Dienstunfall aussehen zu lassen. Nicole war begeistert von dieser Idee, ich mußte sie nicht lange überreden. Sie hatte nicht die geringste Spur von Skrupel – sie träumte davon, mit mir die Versicherungssumme zu kassieren und nach Acapulco oder Rio durchzubrennen. Total naiv! Ich wollte natürlich nur an die Kohle.

Jedenfalls hatte Nicole die Idee, ihren Ex-Lover Heiko Thomczyk mit ins Boot zu nehmen. Er würde ihr immer noch hinterherlaufen und alles für sie tun. Mir war das nur recht, so mußte ich mir die Finger nicht selbst schmutzig machen. Wir trafen uns mit Heiko und erzählten ihm von unserer Idee. Für einen Anteil von dreißigtausend Mark war er bereit, mitzumachen. Thomczyk erzählte von seinem tyrannischen Chef Klaus Broicher, der ihn von morgens bis abends schikanierte. Dieser Broicher hatte ihm wohl nach seiner Haftentlassung einen Arbeitsplatz als Kfz-Mechaniker in seiner Werkstatt gegeben. Aber daß er ein Ex-Knacki war, hat Broicher ihn spüren lassen. Wie einen Sklaven hat er Thomczyk rumgescheucht. Heiko haßte Broicher dafür. Außerdem war Thomczyk in Geldnot. Er wußte von Broichers Kontakten zur polnischen Automafia und wollte das Geschäft an sich reißen.

Unser Plan kam ihm gerade gelegen. Alles schien perfekt zu sein und Broicher war das arme Schwein, dem man alles in die Schuhe schieben konnte.

Nach monatelangen Vorbereitungen war's dann in der Nacht vom 6. auf den 7. Juli so weit. Michi und ich drehten unsere Runde, irgendwann ließ ich Michi an einer Telefonzelle anhalten. Ich rief Thomczyk an und teilte ihm mit, daß unsere Aktion jetzt starten könne, das war so gegen 4.30 Uhr. Er fuhr zu Broicher, der sich gewohnheitsgemäß bereits in seiner Werkstatt befand. Wie wir ausgemacht hatten, zwang er Broicher, ein Geständnis zu schreiben. Danach richtete er ihn regelrecht hin. Wie Thomczyk mir später erzählt hat, war das ihm ein richtiges Vergnügen. Thomczyk gab mit Broichers Hand noch einen Schuß aus dem Revolver in ein Kissen ab, das er später mitnahm, um an dessen Händen Schmauchspuren zu hinterlassen.

Danach begab er sich mit dem Abschleppwagen zu dem ausgemachten Treffpunkt, dem Waldparkplatz. Unterwegs rief er noch von einer Telefonzelle am Herler Ring bei der Leitstelle an und meldete das verdächtige Fahrzeug, in dem er selbst saß. Das war um 5.20 Uhr. Da wir in dem Bezirk unterwegs waren und uns natürlich ganz in der Nähe des Waldparkplatzes aufhielten – ich hatte Michi vorher angewiesen, die Tankstelle an der Frankfurter Straße in Höhenberg anzufahren, wo wir einen Kaffee tranken -, wurden wir zu dem Fahrzeug gerufen.

Wir trafen keine zwei Minuten später ein, ich schickte Michi zu dem verdächtigen Ford. Wie vorher vereinbart, sprang Heiko aus dem Wagen und feuerte auf Michi, danach gab er noch zwei Schüsse auf unseren Dienstwagen ab. Ich feuerte, als er wegfuhr, noch wie vorher abgemacht auf seinen Außenspiegel. Die ganze Aktion war nach zwei, drei Minuten vorbei, also etwa um 5.25 Uhr. Ich ließ Thomczyk zehn Minuten Vorsprung, bevor ich den Notruf über Funk durchgab. In dieser Zeit hatte er den Abschleppwagen wieder zur Werkstatt gebracht und befand sich auf dem Heimweg.

Frage

Wie ging's dann weiter?

Antwort

Tja, ein paar Tage später – nach Abschluß der Ermittlungen – konnte Nicole das Geld aus der Lebensversicherung abholen. Thomczyk hatte zwischenzeitlich Nicole mehrmals aufgesucht und nach seinem Geld gefragt. Er war sogar so unvorsichtig, auf der Beerdigung aufzutauchen.

Frage
War von Anfang an geplant, Thomczyk aus dem Weg zu räumen?

Antwort
Von meiner Seite aus schon. Aber das konnte ich ja Nicole schlecht unter die Nase reiben. Ich glaube fast nicht, daß sie dann mitgemacht hätte. Er mußte einfach weg. Ich konnte mit ein wenig Überzeugungsarbeit Nicole dann doch dazu bewegen, Thomczyk bei der geplanten Geldübergabe in seiner Wohnung umzubringen. Schließlich war die Alte nachher selbst ziemlich geldgeil und stimmte meinem Plan letztendlich zu. Da Thomczyk in seiner Jugend rauschgiftsüchtig war – das war auch der Grund, weshalb sich Nicole von ihm getrennt hatte –, beschlossen wir, es wie einen „Goldenen Schuß" aussehen zu lassen. Sie fuhr also zu Thomczyk, trank mit ihm auf den gelungenen Coup ein Glas Whisky. Vorher hatte sie jedoch sein Glas mit Schlafmitteln gefüllt. Als er einschlief, hat sie ihm die Überdosis Heroin gespritzt. Aber leider – und das muß ich heute zugeben – hatten wir diesen Mord nicht wirklich gut vorbereitet. Es gab zu viele Ungereimtheiten. Schließlich war Thomczyk seit Jahren kein Fixer mehr und diese dusselige Nicole hatte sogar das Fixerbesteck wieder mitgenommen. Es sah also selbst für den größten Laien wie eine Tötung durch Fremdverschulden aus. Diese hohle Kuh! Aber es war mein Fehler. Ich hätte das besser selbst machen sollen!

Anm.: *Auf Nachfrage durch KHK Hamann gibt der Beschuldigte Buir an, daß er eine Pause wünscht. Aufgrunddessen wird* *die Vernehmung um 16.23 Uhr unterbrochen. Buir wird Gelegenheit gegeben, die Toilette aufzusuchen und ein Glas Wasser zu trinken. Die Vernehmung wird um 16.31 Uhr fortgesetzt.*

Frage
Wie kam es dann zu Frau Nelleßens Tod?

Antwort
Nach dem Mord an Thomczyk kam Nicole zu mir und wollte mit mir durchbrennen. Sie sagte, sie habe das Geld aus der Lebensversicherung wie abgemacht in einem Schließfach im Hauptbahnhof deponiert, wir müßten es uns nur noch holen und könnten Richtung Süden fliegen. Ich zeigte mich mit diesem Vorschlag einverstanden und bat sie, das Geld am nächsten Morgen – also am Samstag – zu holen. Sie stimmte zu, wollte zuvor jedoch noch ihre Eltern besuchen, um sich zu verabschieden. Samstagmorgens, als sie noch schlief, manipulierte ich schließlich ihre Bremsen, die ja dann auch versagten. Darüber hinaus nahm ich den Schließfachschlüssel an mich, fuhr am frühen Morgen nach Köln und holte das Geld aus dem Schließfach. Als Nicole morgens aufwachte, hatte ich den Schlüssel wieder in ihrer Handtasche deponiert, um keinen Verdacht zu erregen.

Frage
Hatten Sie die Tötung von Nicole Nelleßen auch von Anfang an in Ihre Planung einbezogen?

Antwort

Wenn Sie so fragen, ja! Schließlich konnte ich mir keine Mitwisser erlauben! Ich brauchte das Geld doch für mich allein, und außerdem hätte ich Nicole nie wieder vom Hals gekriegt. Die war doch so was von aufdringlich, Mann!

Ende der Vernehmung: Montag, 18. Juli 1994, 17.15 Uhr

Geschlossen:
Hamann, KHK
Hürtgen, KOK

Selbst gelesen, genehmigt
und unterschrieben:
Jean-Claude Buir

Epilog

Kaufhof, Kalker Hauptstr. 108–122 , 51103 Köln-Kalk, Dienstag, 23. August 1994, 12:27 Uhr

Ein Monat verging. Die Ereignisse um Jean-Claude Buir, den mordenden Polizeibeamten, hatten weite Kreise gezogen. Er war wochenlang Thema Nummer Eins in den lokalen Medien. BILD und EXPRESS lieferten sich ein regelrechtes Wettrennen bei der Berichterstattung über den – wie sie ihn nannten – „Killer-Polizisten".

Immer neue, schmutzige Details aus dem dekadenten Leben des Polizeiobermeisters kamen ans Tageslicht. So wurden angebliche Jugendfreunde Jean-Claudes interviewt, die behaupteten, dass der spätere Polizeibeamte Buir schon in der Schulzeit ein rücksichtsloser und kaltherziger Einzelgänger gewesen sei. Als Verkehrssünder überführte Mitbürger gaben auf Seite-2-Interviews nur allzu offenherzig zu, von Jean-Claude erpresst worden zu sein. Der Wahrheitsgehalt dieser Aussagen darf bis auf den heutigen Tag in Frage gestellt werden. Ein übereifriger Lokalredakteur stellte in seiner blühenden Phantasie sogar Verbindungen zwischen Jean-Claudes Vater und der italienischen Mafia her. Gerüchte über erkaufte öffentliche Bauaufträge wurden laut, nach und nach wurde die gesamte Familie Buir demontiert und in Misskredit gebracht.

In ihrer unnachgiebigen Art stellten die Kölner Medien die komplette Hauptwache Kalk an den Pranger. Immer wieder wurden bösartige Mutmaßungen über unsere Inspektion in die Welt gesetzt. Der EXPRESS beispielsweise fragte, ob es sich bei Jean-Claude nur um einen Einzelfall handelte, oder ob noch weitere Beamte der Wache in der Kapellenstraße in zwielichtige Machenschaften verwickelt seien. *Die Kalker Korrupti-Sheriffs*, war nur eine der in dieser Zeit kursierenden, reißerischen Boulevardblatt-Schlagzeilen, die – obwohl sie sich nach und nach als haltlos und aus der Luft gegriffen erwiesen – den sensationsgierigen Redakteuren nicht mal ein Wort der Entschuldigung wert waren.

Diese Stimmung übertrug sich natürlich auch auf uns. Zu der ohnmächtigen Fassungslosigkeit über Jean-Claude Buirs Missetaten gesellte sich auch noch eine zunehmend aggressive Grundeinstellung gegenüber der feindselig gestimmten Kalker Bevölkerung, die in jedem von uns nun wider besseren Wissens einen korrupten und gewalttätigen Ordnungshüter sehen wollte. Man spürte die eisige Distanz bei jeder Streifenfahrt durch unseren Bezirk. Beim Anblick unserer Fahrzeuge und unserer Uniformen sahen die Passanten angewidert weg. Die von Kollegen erstatteten Anzeigen wegen Beleidigung nahmen in den Wochen nach Jean-Claudes Überführung stetig zu. Er hatte seine rechtschaffenen Kollegen mit in den Sumpf aus Habgier und Heimtücke gezogen, was unsere Wut auf ihn noch mehr steigerte.

In dieser schweren Zeit war Caroline meine ausgleichende Stütze. Ich hatte mich noch nie so geborgen und sicher wie an ihrer Seite gefühlt. Wir verbrachten wunderschöne Wochen, unternahmen und lachten viel miteinander. Oft gingen wir aus und machten mit meinem dem Segeln verfallenen Freund und Streifenpartner Marcel einen Törn auf dem Ijsselmeer. Ich fühlte mich so gut wie nie zuvor. Irgendwann hatten wir die Idee, zusammenzuziehen. Wir wollten uns eine größere Wohnung suchen. Eines Abends überraschte mich Caroline mit einem Schriftstück. Sie hatte sich nochmals bei den Bayer-Werken in ihrem erlernten Beruf, Chemielaborantin, beworben. Diesmal hatte sie fast schon unglaubliches Glück: Sie sollte zum 1. September anfangen – also zeitgleich mit meiner Ausbildung zum Kriminalkommissar.

Ja, Sie haben richtig gelesen. Auf wundersame Art und Weise hatte unser Inspektionsleiter Müllenbach davon Abstand genommen, gegen Marcel und mich ein Disziplinarverfahren einzuleiten. Ich weiß bis heute nicht, wem wir diese glückliche Fügung zu verdanken hatten, aber gerüchteweise sollen sich unter anderem unser Dienstgruppenleiter Hartmut und der MK-Leiter Gerd Hamann für uns sehr stark gemacht haben.

Privat war es eine mehr als schöne Zeit. Ich konnte Caroline meiner Mutter sogar als meine Verlobte vorstellen; während eines Ausflugs auf den Drachenfels hatte ich sie gefragt, ob sie meine Frau werden wolle. Mit funkelnden

Augen hatte sie „Ja" gesagt und war mir um den Hals gefallen. Die meist älteren Ehepaare, die mit uns auf der romantischen Terrasse des Winzerhäuschens verweilten, sahen uns wehmütig-verträumt an. Das Bonner Rheinpanorama zu unseren Füßen schien die ideale Kulisse für eine Verlobung zu sein.

In diesen vier Wochen nach Jean-Claudes Festnahme hätte ich – privat zumindest – die ganze Welt umarmen können.

***

Am Morgen dieses 23. August 1994 war mir allerdings nicht besonders wohl. Mein Magen hatte sich verkrampft, als ich neben meiner geliebten Verlobten aufgewacht war. Ich wusste nämlich, dass, zumindest beruflich, langsam die Zeit des Abschieds von meinem Freund Marcel kam. Seine Tage bei der Polizei waren schließlich gezählt.

In wenigen Wochen würde er als Student wieder die Schulbank drücken. Genau wie ich, um die Rechtstheorie für die Arbeit eines Kriminalbeamten kennenzulernen.

Ich hatte mich bereits unter der Dusche dazu entschlossen, die milden Temperaturen dieses herannahenden Tages zu nutzen, und zu Fuß zum Dienst zu gehen.

So schlenderte ich durch den mehr und mehr verkommenden Stadtteil, den ich seit meinen Kindestagen bewohne. An diesem Tag kam mir die vertraute Umgebung jedoch fremd und unwirklich vor. Ein seltsames Gefühl hatte mich ergriffen. Bald würde nichts mehr so sein, wie es war. Diese Erkenntnis bereitete mir nun Kopfschmerzen. So machte ich mich gedankenversunken auf meinen Weg zur Kalker Hauptwache.

Wie jeden Tag begrüßte mich Franky, der wie immer an seiner Tasse Kaffee schlürfte und eine Zigarette nach der anderen rauchte. Hartmut klopfte mir väterlich auf die Schulter. Und Marcel saß wie sonst auch im Aufenthaltsraum über einer Computerzeitschrift.

Marcel und ich fuhren an jenem Morgen auf dem 18/32 durch Kalk. Bis auf die medienbedingten, argwöhnischen Blicke der Bürger ein Tag ohne besondere Vorkommnisse. Es war ziemlich heiß in unserem Mondeo, ich hatte schon meine zweite Flasche Wasser leer getrunken und steuerte den Wagen ziellos durch die Straßen. Marcel war genauso schweigsam wie ich.

Ich hielt diese Stille nicht mehr aus. „Hey, Marcel, ist dir eigentlich klar, dass das hier bald alles vorbei ist?“, warf ich in den Raum, nur um die Schweigsamkeit zu verbannen. Marcel sah mich nachdenklich an.

„Ich weiß, mein Freund, ich weiß. Und diese Gewissheit macht's mir nicht gerade leichter.“

„Wie meinst du das?“ Marcel zuckte gespielt gleichgültig mit den Schultern.

„Na, ob das alles so richtig ist, was ich mache. Polizist ist zwar nicht mein Traumberuf, aber ich hab ihn halt gelernt. Und so im Nachhinein hat er mir eigentlich schon Spaß gemacht.“

„Marcel, du hast dich anders entschieden. Und für dich

ist das auch der richtige Weg, glaub mir." Marcel lächelte. „Hast ja recht. Trotzdem werd ich die Streifenfahrten mit dir vermissen. Ich mach mir halt so meine Sorgen. Wer passt denn auf dich auf, wenn ich nicht mehr im Dienst bin? Du haust doch jedem Verdächtigen direkt eins auf die Nase..."

Er klopfte mir auf die Schulter, wir mussten beide herzhaft lachen.

***

Der Tag zog sich hin, erst gegen halb elf erhielten wir unseren ersten Funkspruch:

Einem frustrierten Rentner hatte man ein uraltes, klappriges Fahrrad gestohlen. Trotz des nicht gerechtfertigten Aufwands bestand er darauf, Anzeige zu erstatten. Ich hätte diesen miesepetrigen Kerl auf den Mond schießen können. Dieser „spektakuläre" Fall sollte für uns der einzige an diesem Tag bleiben. Ich lud Marcel auf einen Kaffee an einem Büdchen ein, wir genossen die wärmenden Sonnenstrahlen.

Ich ließ Marcel weiterfahren, machte es mir auf dem Beifahrersitz bequem. Die Arme auf dem Brustkorb verschränkt, merkte ich, wie meine Augenlider immer schwerer wurden.

Mir waren die Augen fast zugefallen, als mich Marcel anschubste. „Hey, was macht denn deine olle Prollschleuder hier?"

Ich riss vor Schreck die Augen auf. Wir befanden uns auf der umtriebigen Kalker Hauptstraße, auf der Höhe des Kaufhofs. Kinder und Jugendliche, die von der Schule kamen, bevölkerten die Straße und sorgten für einen erhöhten Lärmpegel.

Ich sah den weißen Monza auf der anderen Straßenseite vor dem großen Kaufhaus verbotswidrig auf dem Taxistand geparkt und wies Marcel hektisch an, in zweiter Reihe anzuhalten.

„Na, die kann was erleben! Sich einfach so mit meinem Auto ins Parkverbot zu stellen!", sagte ich gespielt entrüstet. Schließlich freute ich mich einfach nur unbeschreiblich, dass Caroline in der Nähe sein musste. Sie hatte mich morgens darum gebeten, ihr den Wagen auszuleihen, da sie nach langer Zeit mal wieder shoppen gehen und sich für ihren „Antrittsbesuch" bei Bayer neu einkleiden wollte.

Da sah ich sie bereits und mein Herz schlug höher.

Caroline kam, mit riesigen Einkaufstüten in beiden Händen, aus dem Kaufhof und ging zu meinem alten Sportcoupé. Eilig stieg ich aus dem Dienstwagen und wollte die Straße überqueren. Ein wild hupender Golf-Fahrer, der aufgrund meiner Unachtsamkeit sehr lautstark in die Eisen gehen musste, hielt mich schließlich von diesem Vorhaben ab. Ich entschuldigte mich mit einer beruhigenden Handbewegung und rief aus voller Brust „Caroline!" Sie erblickte mich, ein sanftes Lächeln breitete sich auf ihrem Gesicht aus. Ihr rotes Haar flatterte im Wind, das kurze Sommerkleid brachte ihre verführerischen Formen dezent zur Geltung.

Ich setzte gerade zu einem neuen Versuch an, die Straße zu überqueren, als ich auf Carolines Straßenseite einen mit quietschenden Reifen anfahrenden Ford Probe vernahm.

Im nächsten Moment hörte ich einen trommelfellzerreißenden Knall, der zeitgleich mit dem Aufblitzen eines Mündungsfeuers im Inneren des Fords erklang und die Passanten vor Schreck zur Salzsäule erstarren ließ. Der Ford setzte seinen Weg unbeirrt fort. Im letzten Augenblick konnte ich die in der Sonne glänzende Vollglatze eines Mannes ausmachen, dessen Anwesenheit mir einen Schock versetzte: Es war Jupps Türsteher Freddy. Ein eiskalter Schauer lief mir den Rücken runter, meine Beine versagten mir vor Schock gelähmt ihren Dienst.

Es dauerte eine ganze Weile, bis ich zu der Stelle auf der anderen Straßenseite sprintete, um die sich bereits eine Menschenmenge versammelt hatte. Unwirsch stieß ich die Gaffer beiseite und bahnte mir den Weg zu dem blutüberströmten, reglosen Körper am Boden.

Es war meine Verlobte. Caroline.

Hysterisch stieß ich ein panisches „NEIN!!!" hervor. Ich kniete mich neben Caroline, rüttelte an ihr und gab ihr ein paar Ohrfeigen. „Schatz, wach auf! Los, komm zurück! Lass mich nicht allein! Bitte! Wach doch endlich auf!"

Aber Caroline hörte mich nicht mehr.

Auch der von Marcel gerufene Notarzt konnte meiner Verlobten nicht mehr helfen.

Sie war tot.

Ich weiß nicht, wie ich die darauffolgenden Wochen und Monate durchstand. Das Einzige, was mich von dem Schmerz und der Trauer, die mich zu zerreißen drohten, ablenkte, war meine Kommissarsausbildung. Die neue berufliche Herausforderung gab mir zumindest ansatzweise Halt und Kraft. Dabei war die Gewissheit, dass Caroline einen – falls man das überhaupt sagen kann – vollkommen unsinnigen Tod gestorben war, alles andere als förderlich: Wie später nach Freddys Verhaftung bei seiner Vernehmung bekannt wurde, sollte Carolines Tod eine Warnung an alle „ausstiegswilligen" Damen sein, die bislang in Jupps Diensten standen.

Die Gerüchte hatten sich bewahrheitet: Mohammed hatte Jupp aus seinem eigenen Nachtclub verjagt und die Geschäfte übernommen. Er führte ein tyrannisches Regiment, schikanierte die Frauen bis aufs Äußerste. Carolines Erschießung durch den nunmehr in Mohammeds Diensten stehenden Freddy, der dummdreist genug war, den Mordanschlag unter den Augen der Polizei und dutzender Passanten auszuführen, sollte also ein Exempel statuieren.

Selbst heute wird mir bei diesem Gedanken schlecht.

Bertramstr. 41, 51103 Köln-Kalk, Montag, 23. Dezember 2002, 13:45 Uhr

Erst jetzt stellte ich fest, dass ich das Zippo-Feuerzeug immer noch mit beiden Händen umklammerte. Tränen standen in meinen Augen. Ich hatte schon lange nicht mehr an diese traurige Geschichte gedacht, die sich gut achteinhalb Jahre zuvor ereignet hatte. Draußen regnete es immer noch. Die dicken Tropfen prasselten gegen mein Fenster. Mit zittriger Hand zündete ich schließlich die vier Kerzen auf meinem Adventskranz an. Aber nach Weihnachten war mir nun immer weniger zumute. Lange Zeit hatte ich die Geschichte verdrängt. Jetzt erst wurde mir bewusst, dass ich Carolines Grab auf dem Kalker Friedhof schon ewig nicht mehr aufgesucht hatte. Ein mieses Gefühl. Ich raffte mich auf, schnappte mir meine Jacke, kaufte einen Strauß Blumen und fuhr hin.

Während der Regen meine Kleidung durchnässte, sank ich auf die Knie. Der matschige Boden gab unter meinem Gewicht nach. Ich betrachtete den nüchternen Marmorgrabstein, auf dem in geschwungenen Lettern Carolines Name stand. Unter Tränen legte ich die Blumen auf das Grab.

„Frohe Weihnachten, Süße", sagte ich und warf eine Kusshand in Richtung Grabstein.

- ENDE -

Danksagung

Besonderer Dank gilt meiner geliebten Frau Sonja, die mich von jeher nach Kräften unterstützt und mir immer der kritischste aller Lektoren war.

Weiterhin wäre die Buchreihe in dieser Form wohl auch nicht zustande gekommen, wenn mich mein alter Freund Mark Klobukowski nicht tatkräftig mit seinen inhaltlichen Korrekturen „auf den rechten Weg“ geführt hätte.

Des Weiteren möchte ich mich bei KHK Uwe Prahl und KHK Bernhard Hatterscheidt vom PP Köln für ihre Unterstützung bedanken.

Zu guter Letzt sei hier mein lieber Kollege Jan Schulz erwähnt, der die Übersetzung der Berlinerisch-Passagen übernommen hat.

+++ Peter Merzenich kommt zurück in „Alaaf für eine Leiche“ +++

Ebenfalls in der **Edition Lempertz** erschienen:

Ein Mord zuviel

272 Seiten, 125 x 190 mm, Softcover, **9,95 €**
ISBN 978-3-939908-84-5

Hauptkommissar Andreas Montenar und sein Kollege Sascha Piel von der Bonner Mordkommission sollen den Mord an dem bekannten Arzt Dr. Horst Schneyder aufklären. Aber dabei stoßen sie auf erhebliche Schwierigkeiten, denn wie es scheint, hat sich der Chirurg nicht nur unter seinen Patienten, sondern auch in der eigenen Familie einige Feinde gemacht...

Mörderische Habgier

288 Seiten, 125 x 190 mm, Softcover, **9,95 €**
ISBN 978-3-939908-85-2

Irgendwie schien das Licht im Raum dunkler zu werden… Gott, sie fiel doch jetzt nicht in Ohnmacht!? Es war unheimlich still in der Bank, alles lief ab wie in einem Stummfilm ohne Klavierbegleitung… Weder Gianfranco noch der Bankräuber gaben einen Laut von sich. Niemand hustete, niemand schrie. Ein Schuss fiel. Laut unerwartet, schrecklich. Die Hauptkommissare Andreas Montenar und Sascha Piel von der Bonner Mordkommission haben einen kniffligen Fall zu lösen: wie hängen ein Banküberfall, zwei ermordete Männer, zwei tote Frauen und eine Geiselnahme in der Bonner U-Bahn zusammen?

Krimis von **Inge Lempke**

Alles hat seinen Preis

256 Seiten, Softcover, 125 x 190 mm, **9,99 €**
ISBN 978-3-941557-73-4

Ein 13jähriger Junge verschwindet spurlos aus einer Neubausiedlung in Beuel. Während den Ermittlungen stellen Andreas Montenar und Sascha Piel fest, dass die Kindesentführung nicht das einzige Verbrechen in dieser Siedlung ist...

„Angegangen. In einem Zug durchgelesen. Für gut befunden!"
(L. Kroner, Kriminalhauptkommissar)

Mord in Bonn – **Der Teufel in uns**

272 Seiten, 125 x 190 mm, Softcover, **9,99 €**
ISBN 978-3-939284-26-0

Zwei Mordserien, die auf den ersten Blick nichts miteinander zu tun haben, erschüttern die Stadt. Bei ihren Ermittlungen stoßen die Kommissare Andreas Montenar und Sascha Piel auf die neu gegründete Glaubensgemeinschaft des Predigers Jonas Kirch, der verkündet, er sei von Gott nach Bonn gesandt worden, um die Menschen aus den Fängen des Teufels zu retten. Ist Kirch in die Mordfälle verwickelt?

Krimis von **Bernhard Hatterscheidt** und **Ludwig Kroner**

Mörderischer Fastelovend

266 Seiten, Softcover, 125 x 190 mm, **9,90 €**
ISBN 978-3-941557-69-7

Kriminalhauptkommissar Westhoven und seine Mitarbeiter stehen Karneval vor einem Mord ohne erkennbares Motiv... Werden Sie Zeuge eines spannenden Kriminalfalls und dessen realitätsnaher Aufklärung. Dieser Roman orientiert sich eng an der täglichen kriminalpolizeilichen Arbeit, denn Realität ist oft spannender als Fiktion.

Eiskalt in Nippes

192 Seiten, Softcover, 125 x 190 mm, **9,99 €**
ISBN-978-3-939284-14-7

Tadeuz Piontek ist Hausmeister und Mädchen für alles. Bei Umbauarbeiten im Keller des Hauses in der Viersener Straße findet er eine eingemauerte Tiefkühltruhe. Als er sie öffnet, blickt er in das vereiste Gesicht eines Toten: Tiefgekühlt seit Jahren. Deutlich ist die schwere Schädelverletzung zu erkennen. Eiskalt in Nippes ist ein neuer Fall für Kriminalhauptkommissar Westhoven und sein Ermittlungsteam.

Feuer in Rondorf

240 Seiten, 125 x 190 mm, Klappenbroschur, **9,99 €**
ISBN:978-3-939284-55-0

In einem ausgebrannten Haus findet die Polizei eine stark verkohlte Leiche. Die Obduktion ergibt, dass dem Verstorbenen kurz vor seinem Tod beide Hände gebrochen wurden. Wer ist dieser Mann? Und wer hat ihm dies angetan? Auch in ihrem dritten Fall stehen Kriminalhauptkommissar Westhoven und sein Team vor vielen ungelösten Fragen und müssen bis an ihre Grenzen gehen, um den Fall zu knacken...